Inhaltsverzeichnis

Inhaltsverzeichnis

Seite

Impressum

Autor: Jürgen Disselhoff
Illustration: Stefanie Burgard
Herausgeber: Jürgen Disselhoff
Verlag: BoD - Norderstedt
Die Handlungen dieser Geschichten
sind dem Leben nachempfunden und
sind so oder so ähnlich bestimmt schon
mal passiert.
Namen und/oder Orte wurden
verändert, sollten Ähnlichkeiten mit
anderen Ereignissen bestehen, dann
sind sie rein zufällig.
Coverfoto: Henry Carlsson

Jürgen Disselhoff

Herstellung und Verlag: BoD – Books on Demand,
Norderstedt

ISBN 9783756874453

Vorwort

Jeder hat sie schon erlebt, die „kleinen Geschichten, die das Leben schreibt."
Manchmal peinlich, manchmal amüsant und alle haben etwas gemeinsam, sie sind es wert erzählt zu werden. Bisweilen geraten sie in Vergessenheit und dann plötzlich, in irgendeiner Situation fällt dir wieder ein: Da war doch was? Das habe ich doch schonmal erlebt und wie war es ausgegangen? Oft ist der Ausgang der Geschichte recht unspektakulär, aber manchmal endet es auch im Chaos. Ob es für andere auch lustig oder amüsant ist, kann man zunächst nicht eindeutig beantworten. Aus diesem Grund begann ich die kleinen Anekdoten aufzuschreiben und dem Freundes- und Bekanntenkreis zu präsentieren.
Und? – siehe da, die Resonanz war durchweg positiv und ich konnte dem

oder der Ein oder anderen etwas Sonne in den Tag zaubern.

Nicht jede Geschichte ist auch für jeden lustig. Manchmal reicht es für ein Schmunzeln und manchmal lacht man Tränen. Beides ist erwünscht und lässt uns etwas fröhlicher durch den Tag kommen.

Sich auch mal zu blamieren, dass gehört einfach zum Leben dazu. Auch wenn wir selbst nicht darüber lachen können, amüsiert es vielleicht andere umso mehr. Geschichten und Ereignisse geraten schnell in Vergessenheit, das haben sie (meistens) nicht verdient…!

Alter Bekannter

Vor ein paar Jahren, als ich noch des Öfteren mit dem Zug unterwegs war, schlenderte ich durch die Bahnhofsvorhalle in Bad Kreuznach. Keine Eile, es war ja noch gut eine halbe Stunde Zeit, bis mein Zug kommen sollte.

Eine Zeitung wäre jetzt nicht schlecht, dachte ich so bei mir und ging auf den Zeitschriftenshop zu. Mein Blick fiel auf einen groß gewachsenen Mann, etwa in meinem Alter, der genau entgegengesetzt unterwegs war. Irgendwie kommt der mir bekannt vor, dachte ich.

Etwa zwei Meter bevor wir uns begegneten trafen sich unsere Blicke und wir lächelten beide.

„Und wie geht's?", fragte ich, weil ich den Eindruck hatte, dass er mich gerade ansprechen wollte.

„Och, ganz ok und selbst?", antwortete er und lächelte zurück.

„Was soll man machen, es muss immer weiter gehen…!", antwortete ich und weil ich immer noch nicht wusste mit wem ich es zu tun hatte fragte ich neugierig: „Und daheim? Alles in Ordnung?" Jetzt würde ich bestimmt einige Informationen bekommen, die vielleicht meine Gedächtnislücken schließen konnten.

„Ja, alles beim Alten…" antwortete er und: „was soll sich schon ändern." Jetzt war es an der Zeit die Bekanntschaft zumindest örtlich einzuschränken und ich konterte mit:

„Wohnst Du eigentlich noch in… (extra lange Pause)" und nochmal: „in…, hilf mir mal!"

„Wallertheim!", sagte er und ich war enttäuscht. _Wallertheim war ja wohl genau die falsche Richtung. Irgendein

Ort in der Nähe meines Heimatortes hätte unendlich Gesprächsstoff gebracht, aber Wallertheim? Du mein lieber Gott, wer wohnt denn dort...?

Das half mir jetzt überhaupt nicht weiter. Aber er setzte nach: „und Du in...?"

„Monzingen!!", sagte ich selbstbewusst und man hörte förmlich die Ausrufezeichen.

Ich dachte, das muss er jetzt erst einmal verkraften. Ich hatte so eine Ahnung, dass es ihm ähnlich wie mir ging und er auch nicht so genau wusste, woher wir uns kannten.

Bis zu diesem Zeitpunkt war unser Gespräch etwa zwei Minuten alt und wir waren beide keinen Schritt weitergekommen.

Jetzt hieß es Attacke!!! Und ich sagte mit einem süffisanten Lächeln auf den Lippen: „Jetzt hilf mir mal..., ich überlege die ganze Zeit woher wir uns kennen?"

Er lächelte genauso zurück und meinte trocken: „Ich auch!"

Wir verbrachten noch etwa 10 Minuten damit unseren gesamten Werdegang miteinander abzugleichen. Bundeswehr, Schule, Verwandtschaft, Bekanntschaft, Hobbys, alles, was möglicherweise eine Verbindung bedeuten könnte.

Nichts, aber auch rein gar nichts, wies daraufhin, dass wir uns jemals begegnet waren und doch wusste jetzt jeder vom anderen mehr, als man von einem guten Bekannten normalerweise weiß.

Wir gaben einander die Hand, lächelten und verabschiedeten uns und werden uns, wenn es der Zufall nicht anders will, wahrscheinlich nie mehr wiedersehen.

Schade, war eigentlich ein ganz Netter, der Friedhelm aus Wallertheim.

Alexa ist noch nicht perfekt

Moderne Kommunikationsmittel wie Alexa haben mittlerweile eine fast perfekte Sprachsteuerung. Voraussetzung ist aber eine klare und deutliche Aussprache, damit Alexa die gewünschten Anordnungen auch ausführen kann.

Meine Frau spricht sehr gut Deutsch und kennt die Grammatikregeln in der Theorie aus dem Stehgreif. Dennoch hat sie einen unverkennbaren leichten schwedischen Akzent, den ich schon immer an ihr liebe.

Darüber ist auch schon der ein oder andere Witz gemacht worden. Ich erinnere mich an den Monzinger Weihnachtsmarkt, als mich ein Bekannter fragte: „Deine Frau hat so eine nette Aussprache, wo kommt die denn her?" Mit meiner Antwort: „vom

Glühweinstand!", war er nicht unbedingt zufrieden, aber durchaus amüsiert.

Ich muss auch zugeben, dass ich den ein oder anderen kleinen grammatikalischen Fehler auszunutzen weiß.

Wenn wir zum Beispiel mal eine Meinungsverschiedenheit haben (ich will es nicht Streit nennen) und ich sie dann, wenn sie richtig in Fahrt ist, ins „richtige Deutsch" korrigiere, hebt das unser Gespräch auf ein ganz neues Niveau.

Es amüsiert mich auch, wenn sie mit Alexa kommuniziert und Alexa dann etwas ganz anderes wiederholt. Wir nutzen zum Beispiel die Funktion „Einkaufsliste erstellen" sehr gerne. Ihr glaubt gar nicht, was schon alles bei uns auf der Einkaufsliste stand, wenn meine Frau sie diktiert hatte. Wenn ich dann die gleichen Artikel wiederhole, zudem noch kauend und mit vollem Mund und Alexa ohne zu widersprechen alles korrekt ausführt, dann versteht sie die Welt nicht mehr. Dabei spricht sie wirklich ein ausgezeichnetes, nahezu fehlerfreies Deutsch. Es kann sich also nur um eine Fehlfunktion bei Alexa handeln.

PS: Die letzten beiden Sätze musste ich schreiben, weil sie gerade hinter mir stand!

Die rote Krawatte

Meine Laune an diesem Morgen war ausgezeichnet. Mein Terminplan ließ mir ausreichend Zeit, um auf der Fahrt zu meinem ersten Kunden eine kurze Rast einzulegen. Mein dunkler Anzug saß wie angegossen und als Farbtupfer hatte ich eine rote Krawatte gewählt.

Es gibt ja die Theorie, dass die farbliche Gestaltung der eigenen Kleidung beim Gegenüber bestimmte Emotionen auslöst.

Rot bewirkt gute Laune, glaube ich...!

Ich stoppte auf dem Parkplatz einer Raststätte an der Autobahn A 6 in Richtung Nürnberg. Beim Öffnen der Fahrertür fiel mein Blick auf einige Papierchen, die im Seitenfach lagen, die ich kurzerhand mitnahm, um sie in einem Mülleimer zu entsorgen.

Es waren nur wenige Meter zum großen Müllkübel, den man aufschieben musste. Fast alle großen Müllkübel sind mit einer Sperre ausgestattet, so dass man sie nur 30 cm öffnen kann. Das ist auch gut so, sonst kommen einige besonders Schlaue auf die Idee, ihren Sperrmüll an der Autobahnraststätte zu entsorgen.

Ich schob den Deckel auf und warf meinen Papiermüll hinein. Im selben Augenblick stockte mir der Atem.

Ich hatte zusammen mit dem Papier meinen Autoschlüssel in den Kübel geworfen!! Sofort schob ich den Deckel erneut zurück und versuchte meinen Schlüssel zu entdecken. Der Müllkübel war ungefähr halb voll und roch nach – Müll. Brusthoch ist so ein Behälter und silbergrau.

Nichts zu sehen von meinem Autoschlüssel – so eine verdammte Scheiße!!! Ich stand vor dem Müllkübel und schüttelte den Kopf, warum passiert mir so was? Warum werde ich immer mit solchen Ereignissen bestraft? Der Tag hatte eigentlich so gut angefangen!

Ich schob erneut den Deckel nach hinten, soweit es ging und glaubte zwischen Dosen, Flaschen und irgendwelchen Essensresten meinen Autoschlüssel zu sehen. Er blinkte in einer Lücke zwischen einer Bananenschale und einer Würstchendose, aber so tief unten, dass ich keine Chance hatte dran zu kommen. Ich musste das irgendwie schaffen.

Ich stütze mich mit beiden Armen an der Kübelkante ab und stemmte mich hoch, dabei schloss sich die Kübelklappe und klemmte meine Finger ein. Ich hatte Tränen in den Augen. Nicht wegen der Schmerzen, sondern wegen meiner Wut auf die Situation.

Als ich es endlich geschafft hatte, mit beiden Beinen im Müllkübel zu stehen, tauchte ich vorsichtig unter die Schiebeklappe ab und versuchte zwischen Würstchendose und Bananenschale meinen Autoschlüssel zu greifen. Ja, ich hatte ihn!!! In diesem Moment schob jemand die Kübelklappe nach hinten und ich streckte den Kopf durch die Lücke und schaute in die erschrockenen Gesichter eines älteren asiatischen Ehepaares. Ich lächelte und sie lächelten zurück.

Da ist was dran, dass eine rote Krawatte – gute Laune bewirkt – glaube ich!

Die Müllabfuhr kommt!

Gewöhnlich kommt die Müllabfuhr bei uns montags, manchmal auch dienstags, wenn montags Feiertag ist oder es aus anderen Gründen nicht geht. Wer ist zuständig, den Mülleimer rauszustellen? Ich! Gewöhnlich erledige ich das am Abend vorher, denn man weiß nie, wie früh die Jungs kommen.

Aber, wie das mit zunehmendem Alter so ist, vergisst man schon mal was. Lange Rede, kurzer Sinn – ich hatte es vergessen.

Als ich mir gerade einen Kaffee machen wollte hörte ich das typische Müllwagengeräusch – schnelles Anfahren – Bremsen, schnelles Anfahren – Bremsen.

Verdammt, der Mülleimer! Ich in Unterhose, barfuß mit blauem TuS

Monzingen Shirt raus an die Mülltonnen, ein kurzer Blick in die Nachbarschaft – welche Tonne? Blau hatten meine Nachbarn entschieden. Die Papiertonne - ausgerechnet die, da hatte ich vorgestern noch die halbe Bibliothek ausgemistet und Zeitschriften und Bücher sind schwer!

Gerade noch rechtzeitig kam ich an den Straßenrand und übergab die Tonne dem lächelnden Müllmann, mit Boxershorts, barfuß bei geschätzten ein Grad Celsius. Der Müllmann hatte vermutlich gedacht, der kann nicht ganz klar im Kopf sein. Hatte sich jedoch aus Zeitmangel jede Bemerkung verkniffen.

Ich sehe auch mit Boxershorts nicht unbedingt wie ein Boxer aus, deshalb entschied ich den Mülleimer später wieder an seinen Platz zu stellen und mich schnell wieder rein zu schleichen. Ich drückte lässig gegen die Haustür und... nichts rührte sich, die Tür war zu. Ich schaute nochmal sicherheitshalber an mir runter, sah meine Boxershorts und meine nackten Füße. Es stimmt. Zu und ich stehe draußen! Schweinekalt und ich? - barfuß in gestreiften Boxershorts.

Zuhause war auch niemand. Meine Frau in Reha, mein Sohn mit Freundin in Heidelberg.

Der Ersatzschlüssel, den wir normalerweise in der Nachbarschaft deponiert haben, lag drinnen auf der Treppe, den hatte ich gestern bereits gebraucht und noch nicht zurückgebracht. Nach gefühlten zehn Minuten mit Eisfüssen hatte ich eine Idee.

Das Flurfenster über der Garage! Ich hatte meinem Sohn Nils schon hundertmal gesagt, er solle das Fenster nicht auf Kipp stellen, was das an Heizung kosten würde!!!

Ich schaute nach und? - er hatte wieder nicht auf mich gehört!! Der Gute, Nils sei

Dank! Ich kletterte auf das Garagendach und von dort auf die Außenfensterbank.

Ich saß ziemlich verdreht auf der Fensterbank über der Garage und versuchte mit der Hand den Kippriegel zu erreichen, als ich im Hintergrund ein „Moin!" hörte. Die Nachbarskinder gingen zur Schule. „Moin", grüßte ich zurück und versuchte ein Lächeln, was mir jedoch scheinbar nicht sonderlich überzeugend gelang.

Die Kinder gingen weiter und dachten wahrscheinlich: „Unser Nachbar Dissy - jetzt dreht er komplett durch." Irgendwann, wenn sie mal erwachsen sind, werden sie ihren Kindern erzählen, was für ein Bekloppter in diesem Haus wohnte, der morgens im Dezember halbnackt und barfuß auf der Fensterbank über dem Garagendach gesessen hatte und mit einem freundlichen „Moin" grüßte. Mir bleibt aber auch gar nichts erspart.

Frau Aldi backt am Besten

Wenn man Geld ins Ausland überweist, kann es sein, dass man dafür richtig satte Gebühren zahlt. Es kommt darauf an, wo der Umtausch stattfindet und in welcher Währung man überweist. Ich wollte Geld überweisen und hatte dazu Fragen an meine Hausbank. Über eine Hotline hoffte ich die passenden Auskünfte zu bekommen.

Nachdem ich mich durch das Menu geklickt hatte, landete ich in einer Warteschlange und die freundliche Automatendame meinte: „Wartezeit circa 5 Minuten". Ok - dachte ich, das ist es mir wert! Ich stand auf und ging mitsamt Mobiltelefon in die Küche, um mir einen Kaffee zu holen. Ich genehmigte mir auch ein Blätterteigteilchen mit Quark gefüllt, das mich heute Morgen bei Aldi aus der

Bäckereivitrine angelacht hatte.

Wieder im Sessel sitzend mit Kaffee und Quarkteilchen hörte ich zunächst die Unterhaltungsmusik der Bank und dann die angenehme Stimme meiner Onlineberaterin: „I-N-G Bank, sie sprechen mit Frau Müller, was kann ich für Sie tun?"

„Hier ist Jürgen Disselhoff – schönen Guten Tag – ich hätte da mal eine Frage..." dann schilderte ich mein Problem und fragte am Schluss, ob es wohl besser ist, wenn ich die Wechselgebühren für die Fremdwährung übernehmen würde, statt mich auf die faire Handhabung durch die ausländische Bank zu verlassen. Frau Müller sagte, sie müsse kurz etwas nachschlagen, ich soll doch bitte in der Leitung bleiben!

„Kein Problem", erwiderte ich und mein Blick fiel auf das bereitgelegte Quarkteilchen. Ich biss hinein und murmelte: „Verdammt, das schmeckt ja richtig gut!", als sich gerade die liebreizende Frau Müller wieder meldete: "Herr Disselhoff? Ich glaube, ich kann Ihnen weiterhelfen!" Ich war hoch erfreut, als sie mir dann erklärte, warum es besser sei, selbst die Gebühren zu übernehmen, bis sie dann schließlich fragte: „Wissen sie auch, wie sie das Ganze auf unserer Bankeingabemaske eingeben müssen?"

Weil ich gerade wieder in das Quarkteilchen gebissen hatte, konnte ich keine grammatikalisch korrekte Antwort geben, sondern grummelte irgendwie ins Telefon, was Frau Müller als „Bitte zur ausführlichen Erläuterung der korrekten Eingabe am Bildschirm…" verstand.

Weil ich ein höflicher Mensch bin, hörte ich mir die Erklärung geduldig an und biss nochmal herzhaft in mein Quarkteilchen. Ab und zu murmelte ich ein „Ja" oder „Aha" ins Telefon, hatte aber in Wirklichkeit längst aufgehört, den Ausführungen zu folgen. Auch die Alternative 2, die sie dann freundlicherweise noch erläuterte, hörte ich mir noch an, wusste aber schon lange nicht mehr von was sie überhaupt sprach. Schließlich beendete sie ihren wirklich beeindruckenden Vortrag mit der Frage: „Haben sie sonst noch eine Frage, Herr Disselhoff?"

Mein Gott, jetzt hatte sie sich so bemüht und ich hatte noch nicht mal eine intelligente Rückfrage.

Ich konnte ja schlecht sagen, dass ich die vergangenen drei Minuten nicht zugehört hatte. In meiner Verzweiflung fragte ich:

„Haben sie eigentlich mal die Quarktaschen von Aldi probiert?" Im gleichen Moment wusste ich, dass es wohl in diesem Zusammenhang keine bescheuertere Frage geben konnte.

Aber, ich habe noch nie eine

Onlinebankberaterin so herzhaft lachen hören.

Sauna auf schwedische Art

Die Skandinavier sind begeisterte Saunagänger und es gehört sich, eine Einladung zum Saunieren dankend anzunehmen. Oft sind die Hütten Marke „Eigenbau" und eine neu gebaute Sauna wird mit reichlich Getränken eingeweiht.

Bevor wir uns in das schweißtreibende Vergnügen stürzten, erklärte der Eigentümer und Erbauer Björn uns genau, wie er die Hütte und die Inneneinrichtung gebaut hatte. Es gab drei Ebenen zum Verweilen über Eck angeordnet und reichlich Platz für acht bis zehn Personen.

Die Lattenroste zum Sitzen oder Liegen hatte Björn auch selbst gebaut und die sollten beim ersten Saunagang eine Hauptrolle übernehmen. Ich saß am weitesten weg vom Ofen neben Björn. Auf dem mittleren langen Lattenrost saßen Bengt und Oscar mit etwas Abstand dazwischen. Bengt und Oscar waren beide nicht gerade schmal gebaut und Oscar hatte sich selbst zum Aufgießer und Ofenbediener befördert. Die Tür zur Sauna öffnete sich und hereinkam: JOCKE! Ein 2 Meter-Mann mit gut und gerne 150 Kilo.

Zuerst warf er sein Handtuch mal ganz nach oben und verteilte mitgebrachte Getränke zur Einweihung. Dann zwängte er sich er sich zwischen Bengt und Oscar. Beim Hinsetzen ächzte der Lattenrost verdächtig und bog sich augenscheinlich nach unten durch. Björn, der Erbauer, hielt die Luft an und das Vertrauen in den hochgelobten Eigenbau geriet ins Wanken. Wer konnte auch ahnen, dass gleich bei der Einweihung die Lattenkonstruktion einem solchen Härtetest unterzogen würde. Jocke schien unbeeindruckt und prostete uns allen zu. Dann wollte Oscar aufstehen, um einen Aufguss zu machen. In diesem

Augenblick verdrehte Jocke die Augen, griff Oscar ans Knie und bat ihn verdächtig leise nicht aufzustehen. Ohne ein Wort, wussten alle Anwesenden sofort was passiert war.

Für diejenigen, die physikalisch ahnungslos sind — hier ein Erklärungsversuch!

Der ohnehin durch Bengt und Oscar strapazierte Lattenrost hatte sich beim Hinsetzen von Jocke dermaßen auseinandergebogen, dass „Teile von Jocke" den Lattenrost plötzlich von der Unterseite begutachten durften. Jeder Mann kann nachvollziehen, dass für Jocke ein Aufstehen nicht mehr möglich war.

Als der Ofenbediener aufstand, war die Teilentlastung für Jocke deutlich spürbar. Die drei Akteure auf dem mittleren Lattenrost mussten sitzen bleiben, damit ein uneingeklemmtes freies Schwingen möglich war.

Das Lattenrost war selbstverständlich mit Schrauben und Nägeln auf der Unterkonstruktion fachmännisch befestigt. Es dauerte gut zwanzig Minuten, bis wir mit Stichsäge und handwerklichem Geschick Jockes wichtigsten Teile alle wieder auf der gleichen Seite des Lattenrostes hatten.

Einige Schweißperlen auf Jockes Stirn hatten ihre Ursache sicher nicht aufgrund der hohen Temperatur. Jetzt weiß ich auch, warum man in der Sauna immer das Handtuch unterlegen soll.

Anmerkung

Diese kleine Saunageschichte hatte ich natürlich den Beteiligten zur Absegnung vorab vorgelegt und weil der ein oder andere das in Deutsch nicht lesen konnte, musste ich, eine schwedische Übersetzung machen. Hier für die Beteiligten „Saunagänger" das Ganze nochmal auf Schwedisch:

Bada bastu i sverige

Skandinaverna är entusiastiska bastubesökare och det är på sin plats att tacksamt ta emot en inbjudan att bada bastu. En nybyggd, ofta en hemmabyggd bastu, invigs med mycket dryck.

Innan vi kastade oss in i det svettiga nöjet förklarade ägaren och byggaren Björn för oss exakt hur han byggde stugan och den fina inredningen. Bastun var byggd i L - form och hade 3 sittplan, alltså gott om plats för 8 - 10 personer. Björn hade även själv byggt sittplanen (lavarna) där man kunde sitta eller ligga bekvämt. Dessa trägaller kom att spela en ledande roll i det första bastupasset.

Jag satt längst bort från bastuaggregatet, bredvid Björn. Bengt och Oscar satt på den mellersta långa träsitsen med ett gott avstånd mellan varandra. Bengt och Oscar var inte direkt smala och Oscar hade bestämt sig för att sköta vattenkastningen på stenarna.

Dörren öppnades och in kom: JOCKE! En 2 meter lång man med dryga 150 kilo. Först kastade han sin handduk rappt upp på den översta sitsplanet och delade sen ut snapsarna han hade med sig till invigningen. Sedan klämde han sig med ett leende på läpparna   ner, mellan Bengt och Oscar.

När han satte sig ner knakade trägallret misstänksamt och tänjde ut sig nedåt. Byggaren Björn höll andan och förtroendet för den mycket hyllade inredningen började vackla. Vem hade kunnat ana att träkonstruktionen skulle utsättas för ett sådant uthållighetstest redan vid invigningen. Jocke märkte först ingenting och skålade med oss alla. Sedan ville Oscar resa sig upp för hälla vatten på stenarna. I det ögonblicket himlade Jocke plötsligt med ögonen, tog tag i Oscars knä och bad honom med sammanbitna tänder att inte resa sig. Utan ett ord visste alla närvarande omedelbart vad som hade hänt.

För den som är anatomiskt okunnig - här kommer förklaringen!

Träribborna som redan var något böjda av Bengt och Oscar, hade böjt sig isär ännu mer när Jocke satte sig så att "vissa delar av Jocke" oturligt plötsligt hamnade på undersidan av träsitsen. Vad varje "man" kan förstå gick det inte längre för Jocke att resa sig. När Oscar ville resa sig upp för att hälla vatten på bastuaggregatet blev den delvisa lättnaden på träribborna för Jocke desvärre alltför tydligt. Alla 3 herrarna på det mittersta sitsplanet var tvungna att stilla sitta kvar så att de benämda delarna kunde svänga fritt utan att klämmas.

Träribborna var naturligtvis ordentligt monterade i underkonstruktionen med skruvar och spik. Det tog drygt 20 minuter med hjälp av sticksåg och hantverksskick innan vi hade alla Jockes viktigaste delar tillbaka på rätt sida av sitsen. Svettpärlorna på Jockes panna berodde verkligen inte på den höga temperaturen. Nu vet jag också varför man alltid ska lägga en handduk under sig i bastun.

Holz vor der Hütte

In Zeiten, in denen die Spritpreise nur eine Richtung kennen, entdeckt manch einer, dass man auch Holz zum Heizen nehmen kann. Wie es der Zufall wollte, habe ich beim Einkaufen Willi aus Sponheim getroffen, den ich lange Zeit nicht mehr gesehen hatte und wir unterhielten uns über die gestiegenen Energiepreise.

Er müsse unbedingt Holz kaufen, meinte er, aber die Preise seien ja auch furchtbar gestiegen. Ich erzählte ihm, was ich letzte Woche bezahlt hatte und er meinte, das war ja viel billiger als bei meinem Holzlieferanten. Wir vereinbarten, dass ich mich nochmal erkundigte und dann den Kontakt zu meinem Holzmann herstellte.

Gesagt getan! Er hatte am Samstag noch Zeit und da ich schon Jahre nicht mehr bei Willi in Sponheim war, entschloss ich mich, beim Abladen von ca. drei Kubikmeter Buchen- und Eichenholz, zu helfen.

Samstags starteten wir, nachdem mein Holzmann einen großen Hänger mit dem Radlader beladen hatte. Um 9 Uhr waren wir, wie vereinbart, in Sponheim. Von unterwegs rief ich an und Willi informierte mich, dass er wegen eines plötzlichen Notfalls in der Familie noch auf dem Weg ins Krankenhaus sei und dass wir das Holz einfach neben seiner Garage abkippen sollten, er wollte es dann außen an der Garagenwand sauber aufsetzen.

„Vor der Garage steht der weiße Golf meiner Frau," sagte er noch und er käme so schnell wie möglich.

Nach dem wir den Riesenhaufen neben die Garage gekippt hatten, verabschiedete sich mein Holzmann. Ich wartete auf das Eintreffen von Willi und begann das Holz neben der Garage aufzusetzen. Das war schon ein Riesenhaufen, aber warum sollte ich nicht schon anfangen? Was gemacht ist, ist gemacht.

An der Garagenwand standen noch ein paar alte Dachbleche, die ich zunächst hinters Haus räumte. Weil ich das Holz nicht direkt auf den Boden stellen wollte, schleppte ich ein paar Bretter von hinterm Haus nach vorne und legte sie auf den Boden an der Garagenwand. Dann setzte ich die erste Reihe und bemühte mich redlich, alles so akkurat wie möglich zu stapeln. Nach ca. eineinhalb Stunden hatte ich ungefähr die Hälfte aufgesetzt und es war an der Zeit bei Willi zu fragen, wo er denn bleibt!

Da „diese Telefonnummer vorrübergehend nicht erreichbar" war, dachte ich mir, dass er bestimmt im Krankenhaus war und deshalb das Telefon abgeschaltet hatte. Meine Hände schmerzten und ich hatte mir schon einige Splitter zugezogen, weil ich die Handschuhe im LKW vergessen hatte. Ich stapelte weiter und spürte meinen Rücken immer deutlicher. Gegen halb zwölf war ich fertig, sowohl mit dem Holz, als auch körperlich.

Ich setzte mich auf die Gartenmauer und steckte mir eine Zigarette an und dann sah ich, dass der dunkle Ford von Willi unten an der Straße auftauchte und eilig näherkam. Er würde sich sicher freuen, dass ich die Arbeit schon gemacht hatte und mit Sicherheit ein Bierchen oder zwei spendieren.

Der Wagen mit Willi, den ich deutlich erkannte kam näher und - fuhr an mir vorbei!

Ungläubig schaute ich dem Fahrzeug hinterher.

Willi wohnte ca. fünfzig Meter weiter und bei genauerer Betrachtung war das Auto vor dieser Garage auch kein Golf, sondern irgendein Japaner. Ich setzte mich wieder auf die Mauer vor dem „fremden Haus" und betrachtete die kleinen Holzsplitter in meinen Händen...

Meine neue PIN

Neulich habe ich eine neue PIN erhalten und da kam ein altes Problem auf. Wie soll ich mir die Nummern merken, damit ich nicht an der Lidl Kasse stehe und nach der dritten Eingabe diese verdammte Karte wieder gesperrt ist. Wie für alle Probleme unserer Zeit bietet das Internet auch hier gute Anleitungen, wie man sich beliebige Zahlen gut merken kann. Eine brauchbare Lösung schien mir: Man muss sich eine leicht zu merkende Geschichte ausdenken, die dann zur gewünschten Zahl führt.

Das ist ja easy, dachte ich und schon versuchte ich mir eine Geschichte zurecht zu legen für meine neue PIN: 2431. Also, zunächst muss ich auf die Geschichte kommen.

Da nehme ich doch einfach ein

bekanntes Märchen. Welches fällt mir als erstes ein: Schneewittchen! Und jetzt dazu eine kleine Geschichte, die zu den Zahlen passt.

Zum Beispiel: 24 Zwerge gehen durch den Wald und treffen 3 Jäger und einen Hasen!

oder vielleicht: 24 Zwerge gehen durch den Wald und treffen einen Jäger und 3 Hasen! 3 Jäger zusammen im Wald zu treffen schien ja eher unwahrscheinlich – andererseits?!

Oder besser, 24 Zwerge treffen auf einen Jäger und der schießt 3 mal auf einen Hasen!

Ich war zufrieden mit meiner Geschichte und war mir sicher, das kann ich mir merken!

Nur einen Tag später kam der große Moment. Ich stand mit meinem Einkaufswagen bei Aldi und hatte schon beim Auflegen der Waren überlegt wie die neue PIN doch gleich war. Die

Kassiererin sagte nur knapp den Betrag, den ich zu zahlen hatte: „24 Euro 31" und ich sagte lässig: „mit Karte!"

Jetzt kommt der PIN, dachte ich.

Also: „Schneewittchen und die 7 Zwerge und Hasen und Jäger – nein, Jäger und Schüsse."

Ich drückte siegessicher: 1 für ein Schneewittchen, 7 für sieben Zwerge, gefolgt von 1 Jäger und 3 Schüsse. FALSCH!

2. Versuch: 1 Schneewittchen, 7 Zwerge – so viel war schonmal sicher! Aber war da nicht was mit Hasen auf die 3 Jäger 3 Schüsse abgeben in einem Wald. Mist!

3. Eingabe: 1 Schneewittchen schießt dreimal auf 7 Zwerge – verdammt…, jetzt hatte ich den Jäger und die Hasen vergessen.

Ich zahlte bar!

Chefarztbehandlung

Wegen einer Herzrhythmusstörung musste ich vergangenes Jahr eine Nacht im Krankenhaus verbringen. Mein Bettnachbar war ein 76-jähriger Rentner, der früher Beamter und dadurch Privatpatient war.

Bei unseren Unterhaltungen betonte er gerne, dass er als Privatpatient viele Vergünstigungen habe. Unter anderem Chefarztbehandlung...

Ich war mir nicht sicher, ob das wirklich zwingend ein Vorteil war und stellte mir vor, dass der Chefarzt wahrscheinlich einer der ältesten Ärzte im Krankenhaus war. Nach dem Mittagessen döste ich so vor mich hin und bin dann eingenickt. Im Traum verarbeitet man oft Dinge, über die man zuvor intensiv nachgedacht hatte.

Und ich sah ein Team von Ärzten am Bett meines „Privatpatient Zimmerkollegen".

stehen. Der grauhaarige Wortführer war sonnengebräunt und mit riesigem schneeweißen Gebiss und ließ keinen anderen zu Wort kommen. „Ich bin Professor Doktor Doktor med. phil. rer. nat. hc. Müllér und ich werde die Operation persönlich durchführen", sprach er mit sonorer Stimme und ich hatte den Eindruck, dass der Stationsschwester augenblicklich Schweißperlen auf der Stirn erschienen und dass sie mit Tränen in den Augen einen bedauernswerten Blick zu unserem Privatpatienten schickte.

Das Stethoskop des Chefarztes schien mir mit leichtem Flugrost befallen und hing irgendwie falsch um seinen Hals. Der Blick des Chefarztes ging zu einem der jüngeren Ärzte und er sagte mit strenger Stimme: „Erklären sie mal dem Patienten, wie wir bei der Nierentransplantation vorgehen werden!" Der zu einer Salzsäule erstarrte junge Arzt, sagte fast unhörbar leise: „Leber, Herr Professor, Leber!" Der Professor konnte eine solch vorlautes Verhalten seines Assistenzarztes nicht dulden und sein braungebranntes Gesicht wechselte zu braunrötlich mit der klaren Ansage: „Junger Mann, was wir hier austauschen überlassen sie mal schön mir. Ich habe schon Transplantationen durchgeführt, da sind die Patienten noch mit der Pferdekutsche angereist. Mein Name steht auf hunderten von Operationsprotokollen."

„Ja, als Todesursache", hörte ich die Stationsschwester leise flüstern. Der immer noch hochrote Kopf des Chefarztes schnellte herum und sein Blick traf, nicht die Stationsschwester, sondern – mich!

„Wen haben wir denn daaaaa?" - Ich erschrak so, dass ich augenblicklich schweißgebadet aufwachte.

Die Schwester war hereingekommen und wollte sich vorstellen. Beinahe hätte ich sie umarmt, weil sie nicht der Chefarzt war.

Mein Zimmernachbar und Kollege Privatpatient, saß auf der Bettkante und freute sich, dass er morgen nach Hause kam.

Die Operation hätte verschoben werden müssen, da der Chefarzt beim Tennis umgeknickt sei.

„OK, da hast Du ja nochmal Glück gehabt!" sagte ich mit voller Überzeugung und ich bin mir heute noch nicht sicher, ob er das wirklich verstanden hatte.

Gummistiefel - Größe 46 ½

Es gab im Frühjahr und Sommer 2020 auch in Schweden einige verregnete Tage. Ich war seit März im hohen Norden und hatte mich bemüht, möglichst viel über Selbstversorgung und Landwirtschaft zu lernen. Man bekommt einen anderen Blick auf Gemüse und Salat, wenn man alles selbst angebaut hat. Und manchmal entwickelt man sogar zu Pflanzen eine besondere Beziehung. An einem Tag im Mai stand ich vor der Haustür unter unserem kleinen Vordach und beobachtete einen regelrechten Wolkenbruch. Das Wasser schoss über den leicht abschüssigen Hof und die Dachrinnen an Haus und Scheune konnten die Wassermassen nicht mehr auffangen.

Ich befürchtete, dass meine Anpflanzungen auf dem Acker einfach weggespült würden und entschied mich nachzuschauen, ob die kleinen Salatpflanzen, die ich erst vor wenigen Tagen gesetzt hatte, dem Gewitter standhielten. Ich schnappte mir einen Schirm, zog meine Gummistiefel – Größe 46 1/2 - an und ging um die Scheune herum zum Acker. Ein abgegrenztes Feld enthielt zahlreiche Setzlinge, die ich aus winzigen Samen aufgezogen hatte.

Das Wasser fiel vom Himmel wie aus Eimern gegossen. Auf dem Weg zum Acker dachte ich darüber nach, wie ich vor einigen Wochen die Samenkörner in Blumenkästen gesetzt hatte. Nach einer Woche kam ein kleiner grüner Stängel und wurde dann nach einigen Tagen zu einem Blatt. Ich hatte mich sehr gefreut und natürlich täglich gegossen. Daneben kam bald schon ein neues Blatt und noch eines und irgendwann, als ich das Gefühl hatte, die Pflanze kann jetzt auf den großen weiten Acker hinaus und zu einem herrlichen Salat heranwachsen, war es so weit. Die Pflanzkästen lud ich auf den Hänger und brachte sie aufs Feld hinaus.

Mit einem Zollstock in der Hand versuchte ich zumindest anfangs, immer gleiche Abstände zwischen den Pflanzen einzuhalten.

Und jetzt dieser Regen, der vielleicht die ganze Arbeit zunichtemachte.

Ich stapfte mit meinen großen Stiefeln durch die Wasserlachen auf dem Acker und konnte vor lauter Regen kaum die kleinen Pflanzen erkennen. Weil es recht düster war, leuchtete ich mit einer kleinen Taschenlampe nach unten, ich erschrak und sprang einen Schritt zur Seite. Ich hatte mit den Stiefeln - Größe 46 1/2 - mitten auf einer Salatpflanze gestanden. Vollkommen platt getreten, in einer Fußspur mit Rillen meiner großen Stiefel, lag sie platt auf der Erde, wie von einer Dampfwalze überrollt.

Ich war von mir selbst enttäuscht und hätte mich am liebsten bei der kleinen Salatpflanze entschuldigt. Ich kniete mich

hin und versuchte das kleine Gewächs wieder aufzurichten, aber der Regen war so stark, dass die Pflanze drohte, den Halt zu verlieren. Das ich in Schlamm und Wasser kniete war mir vollkommen egal. Ich nahm meinen Regenschirm und hielt ihn über die plattgetretene kleine Salatpflanze um sie zu schützen. Wäre in diesem Moment jemand vorbeigegangen und hätte gesehen, wie ich auf dem matschigen Acker kniete und den Regenschirm über ein kleines Salatpflänzchen hielt, ich wäre ein Fall für die örtliche Zeitung gewesen. Nach ein paar Minuten wusste ich nicht mehr genau, ob das Wasser, dass mir übers Gesicht lief, vom Regen kam oder ob vielleicht auch eine Träne dabei war. Einen Salat im Supermarkt zu kaufen und einen Salat selbst aufzuziehen, das sind zwei Paar Schuhe — davon mindestens ein Paar - Größe 46 1/2.

Erwin ist pingelig

Mein PKW – Anhänger ist schon in die Jahre gekommen und der Zahn der Zeit nagt in Form von Rost an allen Ecken und Kanten. Nach genauer Inspektion kam ich zu dem Schluss, dass man mit dem Einschweißen von neuen Streben vielleicht noch ein paar Jahre Lebenserwartung gewinnen könnte.

Leider bin ich nicht im Besitz eines guten Schweißgerätes, aber man kennt ja Leute, die das passende Equipment haben. Vielleicht kann man sich ja ein solches Gerät mal von einem Bekannten ausleihen?

Mir fiel sofort ein guter Bekannter ein, der schon häufig mit seinen Schweißerfahrungen und mit seinem umfangreichen Equipment geprahlt hatte. Der Entschluss nahm Gestalt an, den frage ich vielleicht, ob er mir sein Schweißgerät mal ausleihen kann.

Da ich weiß, wie mein Bekannter (nennen wir ihn mal Erwin) auf seine Sachen Acht gibt, habe ich innerlich schon die Vorträge gehört, die er mir bei der Übergabe des Schweißgerätes halten würde: „Das hätte ich gerne so zurück, wie ich´s dir gegeben hab!", hörte ich Ihn in Gedanken sagen.

„Das ist doch selbstverständlich!", würde ich antworten. Und er würde erwidern: „Zuletzt hatte ich mal was verliehen, das kam zurück mit mehreren Kratzern und verdreckt.

Bei mir ist alles immer Piccobello und ich kann das nicht leiden, wenn meine Sachen so schlecht behandelt werden. Da verleiht man was und wie kriegt man es zurück? Ich bin vielleicht etwas pingelig, aber wenn jemand was ausleiht, dann schaue ich ganz genau nach, wie es zurückkommt! Da wird alles geprüft!"

Ja - so oder so ähnlich würde Erwin es

sagen, dachte ich. Er war halt ein Mensch, der auf seine Sachen Acht gibt und zwar bis ins kleinste Detail.

Ich stellte mir vor, wie er mit der Lupe das Schweißgerät untersuchen würde und ich stand da und müsste mir anhören, dass der Kratzer - hier untendrunter - vorher noch nicht war.

Am Tag darauf traf ich Erwin an der Tankstelle. Er ging gerade rein zum Bezahlen. Ich überlegte mir kurz nochmal die Sache mit dem Schweißgerät und mir fiel dann nochmal ein, wie pingelig er sein würde und mit welchem schlechten Gewissen ich das Schweißgerät wieder zurückgeben würde.

Ich ging dann auch in die Tankstelle und stand in der Reihe direkt hinter Erwin. Er drehte sich um und meinte: „Grüß dich, Dissy" und ich antwortete: „Du, was ich Dir noch sagen wollte: Behalt deinen Scheiss Apparat!"

Kann sich jemand vorstellen, wie viele Fragezeichen über Erwins Kopf erschienen?

Erinnerung an Oskar

Neuigkeiten verbreiten sich auf dem platten Land manchmal in ungeahnter Geschwindigkeit.

Ich erinnere mich, dass ich mal beim ortsansässigen Bäcker rauskam und eine Bekannte traf, die mich ansprach.

Jeder Ort hat Nachrichtenverbreiter, die dafür sorgen, dass Gerüchte und Neuigkeiten auch die Bevölkerung erreichen. Man kann dann nicht hundertprozentig sicher sein, dass alles stimmt. Aber das ist ja auch bei renommierten Zeitungen und Nachrichtensendungen nicht immer garantiert. Besagte Dame war auf jeden Fall eine klassische Vertreterin dieser Zunft.

„Hoscht Du schun gehehrt?" So begann fast jedes Gespräch mit ihr…!

(Übersetzung ins Hochdeutsche – siehe am Ende der Geschichte)

„Der Müller´sch Oskar is heit mojn gestorb!" „Ach herrje", sagte ich und fragte nach: „War der krank?"

„Wie mer verzählt, isses dem in letschter Zeit nit so gut gang. Und außerdem…, hot der jo aach…..!", hierbei unterstützte sie ihre Ausführungen durch ein imaginäres Glas, dass sie zum Mund führte. Und weg war sie! In der Bäckerei verschwunden.

Ich ging zu meinem Auto und dachte darüber nach, wann ich den Oskar zuletzt gesehen hatte.

Ich schmunzelte ein wenig, denn mit Oskar, der die 80 schon überschritten hatte, hatte ich schon manches Glas geleert und wir haben immer angeregt über Gott und die Welt gesprochen. Er war jemand, mit dem man gerne plauderte und man hatte den Eindruck, dass er über jedes Thema mitreden konnte. Nicht selten auch amüsant und mit einem Gemisch aus Tatsachen und Vermutungen. Kurz und gut, ich mochte ihn!

Als ich zuhause angekommen war, suchte ich eine Beileidskarte mit schwarzem Rand aus unserem Schrank und setzte mich hin, um ein paar Zeilen an seine liebe Frau Martha zu schreiben. Es fiel mir nicht sonderlich schwer, ein paar tröstliche Worte zu finden und ich ergänzte meine Beileidsbekundungen mit ein paar Sätzen, welch schöne Stunden wir miteinander hatten und dass wir nicht selten auch mal den ein oder anderen Wein zu viel getrunken hatten. Mit wenigen Worten erzählte ich auch von unserer letzten Tour, bei der wir auf dem Nachhauseweg durch ihr frisch angepflanztes Rosenbeet gestolpert waren. Wir hatten uns entschieden, gegenüber Martha die Schuld für die Verwüstung dem Nachbarshund in die Schuhe zu schieben.

Weil ich sowieso nochmal losmusste, nahm ich den Brief mit der Beileidskarte mit und warf ihn im Hause Müller in den Briefkasten. Gerade als ich wieder in mein Auto steigen wollte, rief jemand etwas von seitlich des Hauses her. Der leibhaftige und scheinbar kerngesunde Oskar Müller kam aus der Garage und winkte mich äußerst lebendig zu sich.

Ich schloss die Autotür und trottete, teils erleichtert, teils verwirrt, mit hängenden Schultern zur Garage. Mein Blick streifte den Briefkasten, in dem die Beileidsbekundung samt Rosengeständnis lag und ich dachte: ´Oje, wie kriege ich das jetzt wieder geregelt. Fake News - gibt es also auch bei uns!!´

Übersetzung ins Hochdeutsche:

„Hast Du schon gehört?" So begann fast jedes Gespräch mit ihr…!

„Der Müller´s Oskar ist heute Morgen gestorben" „Ach herrje", sagte ich und fragte nach: „War der krank?" „Wie man sich erzählt, ist es ihm in letzter Zeit nicht so gut gegangen. Und außerdem..., und außerdem hat der ja auch...!", hierbei unterstützte sie ihre Ausführungen durch ein imaginäres Glas, dass sie zum Mund führte. Und weg war sie! In der Bäckerei verschwunden.

Samstags war alles anders

In meiner Kindheit war der Samstag immer ein besonderer Tag. Bei uns zuhause gab es samstagsmittags Eintopf, das war ein ungeschriebenes Gesetz. Und samstags war Badetag – da gings um 6 Uhr baden, egal ob es notwendig war oder nicht. Der Samstag war auch Backtag, da wurde nachmittags Kuchen gebacken, je nach Jahreszeit war das z.B. ein herrlich duftender „Quetschekuche". Für alle die, die des Pfälzer Dialektes nicht mächtig sind: Quetschekuche ist ein Pflaumen- oder Zwetschgenkuchen. Frisch gebacken einfach nur köstlich.

Die Oma meines Freundes Hermann war die Meisterin für Quetschekuche. Hermann und ich haben im Unterdorf in der Gasse Fußball gespielt, als die Oma aus dem Fenster rief: „Innere halb Stunn is de Quetschekuche fertig!"

Wir machten unser Spiel weiter, aber die Einladung der Oma war fest registriert. Als wir dachten, jetzt könnte es soweit sein, liefen wir voller Vorfreude zu Oma ins Haus.

Eine Regel bei Oma lautete: Füße abputzen beim rein gehen, sonst gabs ein Donnerwetter von Oma, besonders Samstags - am Putztag. Durch den dunklen Flur kamen wir in die Küche. „Do seid ihr jo, ihr Strolche, habt ihr aach die Fiess abgeputzt?" Nach unserer Bestätigung meinte sie zu Hermann: „Hermann, hull emol de Quetschekuche aussem Flur. Das Blech steht im Flur zum abkiehle!!!"

Oma hätte besser einen anderen Ort zum Abkühlen gewählt. Unser pflichtbewusstes Schuheabputzen hatte, statt auf der Fußmatte, auf dem Backblech stattgefunden. An diesem Samstag war der „Quetschekuche" ziemlich zerfleddert und ein Totalausfall. Flur und Küche mussten erneut geputzt werden. Das war aber auch immer so dunkel im Flur.

Was gibt's Neues?

Der Sonntag, ist auch für Rentner ein Tag, den man eher etwas ruhiger angeht und so dachte ich mir, ich schau mir mal an, was es Neues in der Welt gibt. Die Nachrichten auf NTV - 10.00 Uhr - ich schalte den Fernseher an und wechsle auf NTV.

NTV ist seit den 90er Jahren ein Nachrichtensender, der zunächst bei CNN angesiedelt, vor ca. 15 Jahren zu RTL gewechselt hatte.

Also, Nachrichten aus aller Welt:

Djokovic, der serbische Tennisspieler ist der Aufmacher, der momentan mit Australien im Klinsch liegt. Er hat sich nicht an die Einreisebestimmungen wegen Corona gehalten. Eigentlich wollte er die „Australian Open" spielen. Nein, er wollte sie gewinnen! Ich höre nur mit einem halben Ohr hin und warte auf die nächsten Meldungen. Man berichtet von Djokovic, der sich im Geschäftshaus seiner australischen Anwaltskanzlei befindet und NTV meldet, dass Hunderte von Journalisten und Fans vor und hinter dem Gebäude darauf warten, dass der Tennisspieler das Gebäude verlässt.

Nicht etwa um den Tennisstar zu interviewen, sondern um zu filmen, wie er mit dem Auto aus der Tiefgarage kommt. Aha, denke ich... die Welt hat ein Recht darauf zu sehen, wie die „Tennisnummer 1" in Australien aus der Tiefgarage fährt. Vielleicht ist ja bekannt, dass er besonders schlecht Auto fährt und man erwartet, dass er bei der Ausfahrt aus der Tiefgarage die Schranke abreißt oder das Kassenhäuschen rammt. Man kann ja nicht alles können und Tennis spielen kann er!

Jetzt wird es aber Zeit für eine weitere Meldung, denke ich. Es ist jetzt 10.06

Uhr und somit läuft der Bericht seit sechs Minuten. Unten im Liveticker laufen Meldungen, in drei bis vier Worten geschrieben, über Corona, den Ukraine-Konflikt, Tsunami auf den Philippinen, elende Versorgungssituation auf Haiti... - es gibt also auch wichtige Meldungen.

Aber die Fernsehbilder zeigen die Menschen vor der Tiefgarage in Melbourne, die auf die Ausfahrt von Djokovic warten. 10.11 Uhr, die Australienkorrespondentin nennt den Tennisspieler: „den wahrscheinlich besten Spieler aller Zeiten." Der serbische Staatspräsident wird eingeblendet und spricht von einem: „unerhörten politischen Eklat" und „einem Angriff auf das serbische Volk", weil Djokovic der Welt nicht zeigen darf, wie man kleine gelbe Bälle über ein Netz schlägt. Ich mag Tennis, aber... Volksheld und Angriff auf das serbische Volk? Zum Glück hat Serbien keine Atomwaffen, denke ich noch, als um 10.15 Uhr die NTV Nachrichten aus aller Welt beendet sind. Die gesamte Nachrichtensendung bestand aus einer Meldung!!! Es folgt das Wetter - nicht das in Australien – sondern bei uns! (Das freut mich!)

So, dass waren also die Nachrichten aus aller Welt. Jetzt kann ich bestens informiert den Sonntag genießen. Vorher lösche ich noch NTV aus meiner Favoritenliste.

Die Frage: „Was gibt's Neues?" werde ich kommenden Sonntag wahrscheinlich meiner Nachbarin stellen und bin damit auf jeden Fall umfassender informiert als heute. Da bleibt es bestimmt nicht bei einer einzigen Meldung.

Befehl ist Befehl

Eine gute Freundin arbeitete als Arzthelferin in einer großen Landarztpraxis. Sie erzählte mir unlängst eine Geschichte, die mich sehr amüsierte. Ich muss dazu sagen, dass besagte Freundin einen sehr fraulichen Körperbau hat und vom Schöpfer mit einer stattlichen Oberweite ausgestattet wurde. In die Praxis kamen Patienten aus der gesamten Umgebung und mit den unterschiedlichsten Gebrechen, um den Rat des erfahrenen Arztes einzuholen.

Sowohl die Mitarbeiterinnen als auch der Arzt hatten in vielen Jahren Praxisbetrieb schon einige tragische Momente erlebt. Aber auch die ein oder andere lustige Begebenheit war dabei. Natürlich darf man darüber nicht reden, von wegen ärztlicher Schweigepflicht.

Deshalb denken wir uns mal einen schönen Namen aus… ! Das nachfolgende Ereignis ist haargenau so passiert:

Ein älterer Herr, nennen wir ihn mal Karl Müller, wurde mit Kreislaufschwäche von seiner Tochter gebracht. Sie gab noch den dezenten Hinweis, dass er seit geraumer Zeit leicht verwirrt war und außerdem unter Demenz leide. Der erfahrene Landarzt, nennen wir ihn mal Dr. Pech ordnete ein EKG an, um die Herztätigkeit von Karl Müller zu überprüfen.

Das EKG-Gerät unserer Landarztpraxis hatte schon viele Jahrzehnte und tausende von Messungen hinter sich. Anstelle der heutigen Einzelelektroden, die sich mit Unterdruck festsaugen, hatte die Maschine einen flexiblen Brustgurt, auf dem die Elektroden befestigt waren. Dieser Gurt wurde über die Brust gelegt und hinten auf dem Rücken verschlossen.

Unsere adrette Arzthelferin übernahm Herrn Müller und wies ihn an, „sich obenrum frei zu machen" und sich auf die Liege neben dem EKG-Gerät zu legen. Er folgte gehorsam den Anweisungen unserer Arzthelferin und legte sich auf die Bahre. Die Rückenlehne der Liege wurde leicht angestellt und die Helferin legte Herrn Müller den Brustgurt mit den Kontakten auf den Oberkörper.

Zum Verschließen muss der Patient vorne den Gurt in der richtigen Position festhalten und die Arzthelferin schließt den Gurt dann auf dem Rücken.

Genau dieser Vorgang war in Vorbereitung, als sich unsere Arzthelferin von vorne über Herrn Müller beugte und sagte: „Herr Müller, jetzt legen sie mal die Hände auf die Brust." Herr Müller schaute der gut gebauten Arzthelferin noch mal ganz tief in die Augen. Dann kam der erneute Befehl: „die Hände auf die Brust!" Karl Müller hatte gedient! Er tat wie ihm befohlen und legte lächelnd beide Hände ordnungsgemäß auf die Brust - unserer Arzthelferin! Der Tag war gerettet!

Der schwarze Mantel

Am Frankfurter Flughafen sollte ich einen Kollegen abholen, der aus Portugal anreiste, und stand im Ankunftsbereich des Untergeschosses. Da die Maschine etwas Verspätung hatte, setzte ich mich auf einen der Kunststoffschalensitze. Links und rechts neben mir waren die Sitze noch frei und ich beobachtete das hektische Hin und Her der Passagiere und Abholer.

Ich trug einen langen schwarzen Mantel, denn im Dezember kamen die Temperaturen kaum über die Frostgrenze. Den Zollbeamten mit Hund hatte ich zunächst gar nicht bemerkt, aber er ging ziemlich dicht an mir vorbei. Der Golden Retriever war ein bildschöner Hund und sah sehr gut gepflegt aus. Der Zollbeamte verweilte kurz direkt vor mir und unterhielt sich mit einem Kollegen. Der Golden

Retriever stand brav hinter ihm, er streckte seine Nase in meine Richtung und legte sich hin, so als ob man einem Hund den Befehl „Platz" gab. Er war keinen Meter von mir entfernt.

Ein ausgebildeter Drogenhund ist wirklich eindrucksvoll. Selbst kleinste Spuren von Koks oder Cannabis erkennt er und zeigt durch „Hinlegen" seinem Hundeführer an, dass er etwas erschnüffelt hat. Auch wenn die Drogen gut verpackt und tief im Koffer versteckt sind, kann ein Hund kleinste Spuren riechen. Diese Hunde werden an Flughäfen eingesetzt und überprüfen Koffer und Taschen oder auch Personen, die mit Drogen in Berührung gekommen waren.

In diesem Moment fiel mir ein, dass mein Sohn am Vorabend einen Freund besucht hatte und meinen schwarzen Mantel angezogen hatte. Nehmen wir nur mal an, irgendjemand hatte bei dem Treffen einen Joint geraucht, was mich nicht wundern würde, dann steckte der Geruch zweifellos noch im schwarzen Mantel.

Ich rückte auf die nächste Sitzschale etwas weiter weg von dem Spürhund. Das brave Tier schaute mich an und rückte noch liegend im „Platz" die 50 cm, die ich weggerückt war, nach. Der Hundeführer unterhielt sich weiter angeregt mit seinem Kollegen und der Golden Retriever schaute mich auf dem Boden liegend an und wedelte mit dem Schwanz. Können Hunde lächeln? Ich hatte den Eindruck: Er hat gelächelt! Ohne darüber nachzudenken lächelte ich zurück. Nach dem Motto: „Guck, wie nett ich bin! Ich bin kein Drogendealer! Ich hole nur einen Kollegen ab."

Endlich kam mein Kollege aus dem Gate, ich stand auf und ging auf ihn zu, dabei achtete ich auf einen angemessenen Sicherheitsabstand zu dem Schnüffelhund.

Er stand auf und wollte mir folgen, aber sein Zollbeamter hing ja am anderen Ende der Leine und verhinderte seinen Tatendrang. Mein Kollege und ich gingen zusammen zügig Richtung Ausgang, aber aus den Augenwinkeln sah ich den Hund, der mir bis zum Ausgang nachschaute und mit dem Schwanz wedelte.

Erinnere mich bitte jemand daran, dass mein Sohn einen neuen Mantel braucht!

Wie geht´s – alles klar?

Eigentlich ist die Frage „Wie geht´s?" keine richtige Frage, denn eine erschöpfende Antwort erwarten die Wenigsten. Umso erstaunter reagieren Menschen, wenn man wirklich mal antwortet. Man kann das leicht testen, indem man mal ausführlich antwortet. Allerdings muss man auch mit der Erkenntnis daraus leben können. Vor allem dann, wenn man nach kurzer Zeit bemerkt, dass der Fragesteller keinerlei Interesse an unserem Befinden hat.

Mein früherer Chef hatte die Angewohnheit morgens in alle Büros reinzuschauen und dabei „Wie geht´s?" und „Alles klar?" zu sagen. Eine Antwort hat er nie abgewartet. Bevor man Luft geholt hatte, war er schon weiter im nächsten Zimmer. Mit der Zeit wurde uns allen bewusst, dass er eigentlich nur nachsehen wollte, ob jeder rechtzeitig da ist. Mit meinem Kollegen im Zimmer nebenan habe ich dann vereinbart, unserem Chef bei der Neugestaltung seiner morgendlichen Runde zu helfen. Ab sofort bestimmten wir die Dauer seines Bürorundganges.

Er hatte kaum „Guten Morgen" gesagt, da erwiderte ich schon: „Gut, dass sie kommen. Ich hätte da mal eine Frage." Dann habe ich vorbereitete Fragen an ihn gestellt, die man nicht so einfach mit Ja oder Nein beantworten konnte. Mein Kollege und ich hatten uns vorgenommen, dass jeder ihn mindestens 15 Minuten aufhält und ihm diverse Anfragen und knifflige Probleme mitgibt. Schließlich sollte er das Gefühl haben, dass wir ihn brauchten. „Dann können wir ihn ja mal beschäftigen!", meinte mein Kollege.

Ich hatte es auf ungefähr 20 Minuten gebracht und der Chef wusste jetzt, mit welchen verzwickten Problemen ich mich rumschlagen musste. Der Kollege im Nachbarzimmer schaffte nochmal fast 30min. Das war am Montag und am Dienstag der Fall, ab Mittwoch war er im Sauseschritt an unseren Türen vorbei und wir mussten bedauernswerterweise auf das allmorgendliche: „Wie geht´s? – Alles klar" verzichten. Die Enttäuschung unsererseits hielt sich in Grenzen. Falls er doch nochmal reinschauen sollte, hatten wir weitere wirklich knifflige Problemfälle für ihn rausgesucht.

Fitness mit Katze

Mangelnde Bewegung ist die Ursache für viele Zipperlein oder Wehwehchen in unserer Zeit.

Das Problem ist, man weiß es und kriegt den Hintern doch nicht hoch. Ein Weg aus dieser Misere ist, sich die mangelnde Bewegung deutlich vor Augen zu halten, zum Beispiel mit einem Fitnessarmband.

Diese nützlichen Helfer zeigen dir täglich deine absolvierte Schrittzahl und führen dir deutlich vor Augen, wie es um deine Bewegung steht. Wieviel Schritte macht man denn pro Tag? Ich muss zugeben, dass ich da zunächst mal keine Ahnung hatte.

Ergebnis nach wenigen Tagen: Bei wenig Aktivität waren es bei mir ca. 3000 bis 4000, wenn ich etwas aktiver war, waren es auch schnell 6000 bis 8000 Schritte am Tag. Bei bewusster Aktivität (wandern oder spazieren) konnten es auch mal 10000 und mehr sein.

Was mich ein bisschen wurmte, war, dass meine Frau fast immer deutlich mehr Schritte pro Tag absolvierte als ich! Das lag nicht nur an der kürzeren Schrittlänge, sondern sie war einfach mehr auf den Beinen und übertraf mich der Regel um mehrere 1000 Schritte pro Tag.

Da sah ich im TV eine Reportage, in der man die Aktivität von Katzen dokumentierte, die erstaunlicherweise etliche Kilometer am Tag unterwegs waren. Ich wollte doch auch einmal die Schrittzähler – Challenge gewinnen und mein Blick fiel auf unsere Katze „Pussel" die sich gerade auf dem Sofa räkelte.

Wie es der Zufall wollte, hatten ihr

Halsband und mein Schrittzähler die gleiche Länge und waren beide blau. Wir haben getauscht!

Nachdem Pussel mit dem „neuen" Halsband ausgestattet war, wollte sie sich wieder gemütlich aufs Sofa legen. Doch vom Rumliegen kriegt mein Schrittzähler keine Schritte!!!

Ich habe sie dann über den Balkon nach draußen gebracht, mit der klaren Anweisung, mindestens 10000 Schritte für mich zu registrieren. Sie bewegte sich in Richtung Garten und legte sich in den Schatten unter unserem Fliederbusch. Verdammt, wie soll ich heute Abend den Vergleich gewinnen, wenn die sich nicht bewegt, dieses faule Miststück?

Ich ging hinaus in den Garten und bat sie höflichst aufzustehen! Selbst die faulste Katze im TV, hatte 12km am Tag zurückgelegt. Aber davon wusste unsere Pussel nichts. Ich habe sie dann quer durch den Garten verfolgt und wieder aufgescheucht, wenn sie sich hinlegen wollte. Die Verfolgungsjagd ging durch die halbe Nachbarschaft und endete erst, als ich sie aus den Augen verlor.

Irgendwann bin ich dann völlig erschöpft wieder nach Hause und hatte mich gerade in den Sessel gesetzt, als meine Frau vom Einkaufen zurückkam. Ihre Bemerkung: „Sitzt Du immer noch oder schon wieder?" ertrug ich kommentarlos und dachte so bei mir: „Im nächsten Leben werde ich Katze…!"

Nur zur Übung

Wenn man Vermessungstechnik studiert, besteht das Studium neben den theoretischen Fächern auch aus praktischen Vermessungsübungen. Man lernt, wie man mit den zahlreichen vermessungstechnischen Geräten umgeht und wie man z.B. beim Neubau eines Hauses die Hausecken auf einem Grundstück richtig platziert.

Auch beim Straßenbau muss vorher die Trasse, das heißt der Verlauf der Straße, mit Vermessungsstäben abgesteckt werden. Unsere Studentengruppe hatte die Aufgabe, einen Teil einer Autobahnabfahrt zu markieren. Hierzu hatte unser Professor Hilgert eine große Wiese am Ortsrand von Mainz Hechtsheim ausgesucht und gab uns die entsprechenden Planungsunterlagen.

Natürlich wurde hier nicht wirklich eine

Autobahnabfahrt gebaut, es gab ja noch nicht mal eine Autobahn. Wir schauten uns die Gegebenheiten an und legten die Lage der imaginären Autobahnabfahrt fest. Unseren Anfang wählten wir direkt neben ein paar schönen Einfamilienhäusern am Ortsrand von Hechtsheim. Die neugierigen Anwohner beobachteten verständlicherweise unsere Arbeiten und wir richteten mit allerhand Equipment und modernen elektrooptischen Geräten „die Baustelle" ein. Eine Gruppe älterer Damen kam vorbei und wollte wissen was wir denn hier machten. Sie meinten, es wäre schön, beim Spaziergang ein paar knackige junge Männer zu treffen! Wir erklärten geduldig, dass dies eine Übung sei und dass wir nur heute hier seien.

Es gab aber auch andere Zeitgenossen, die uns mit Argwohn und Misstrauen betrachteten. Bald schon kam einer der

Anwohner mit seinem Schäferhund zu uns und fragte neugierig, was wir hier zu suchen hätten? Ich erinnere mich noch, dass er sehr unhöflich und laut war, bevor wir auch nur die kleinste Kleinigkeit erklären konnten. Er meinte: „Hier wird nix gebaut!!!" und „Seht zu, dass ihr hier verschwindet!"

Mein Kumpel und Mitstudent Rainer und ich schauten uns nur kurz an und wussten sofort, wie wir mit diesem unhöflichen Zeitgenossen umgehen wollten. Ich rückte noch einmal meinen Helm zurecht und erklärte dem Anwohner in möglichst ruhigem und amtlichem Ton, dass wir die geplante Kläranlage die hier gebaut wird, nicht zu verantworten hätten. Ich erklärte ihm, dass das Planfeststellungsverfahren nach Paragraph 38A schon abgeschlossen sei. Ganz nach dem Motto: „Protest ist zwecklos!!"

„Waaas? Kläranlage?" – ich ignorierte seinen lautstarken Protest und fragte, wo er denn wohnt? Er zeigte auf ein schönes Einfamilienhaus, keine fünfzig Meter von uns entfernt. Ich sagte: „Oh, das ist schlecht, da kommt das Vorreinigungsbecken hin." Er taumelte bedenklich und wechselte mehrfach die Farbe. Selbst der Schäferhund machte nun eine unsichere Figur. Ich riet ihm, möglichst in den nächsten Tagen die Bauleitung anzurufen, wenn er Näheres erfahren wollte und gab ihm die Telefonnummer von Professor Hilgert.

Unter lautstarken Protesten zog er ab und wie wir später von unserem Professor erfuhren, hatte er sich wirklich gemeldet und war nur sehr schwer zu beruhigen. Kurze Zeit später kam die Anordnung, dass wir bei solchen Übungen vorbereitete Schilder aufstellen mussten, die eine Erklärung für unseren Aufmarsch lieferten.

Schade, es war immer lustig, solch misstrauischen Meckerern mal einen aufzubinden.

Kölner Karneval

In meiner Zeit als Außendienstmitarbeiter bei einem großen Hersteller für Möbelteile, besuchte ich an Altweiberfastnacht einen Möbelhersteller in Köln. Da ich bereits seit Jahren in unregelmäßigen Abständen die Firma besuchte, hatte ich mich mit dem Geschäftsführer angefreundet. Wir trafen uns manchmal abends zum Feierabendbier in der Kölner Altstadt, wenn ich in Köln im Hotel übernachtete. Da an diesem Wochenende die Hotels restlos ausgebucht waren, lud er mich ein, in der Einliegerwohnung seines Reihenhauses in Köln Longerich zu übernachten. Da ich den Kölner Karneval noch nie hautnah erlebt hatte, nahm ich das Angebot gerne an.

Am frühen Abend fuhren wir zu seinem Haus und ich ließ mein Gepäck in der Einliegerwohnung. Ich erinnere mich noch gut, dass ich auf dem Weg zu seinem Haus noch über die Reihenhaussiedlung scherzte.

Es waren immer vier Häuser in einem Block nebeneinander, die nahezu gleich aussahen und das über eine Länge von gut und gerne ein Kilometer. Auch die Vorgärten waren mehr oder weniger gleich und hatten fast alle einen weißen Lattenzaun der bis zum Bürgersteig reichte.

Bei meinem Gastgeber stand direkt vor der Haustür ein Gartenzwerg mit Schubkarre. Die Ähnlichkeit der Vorgärten und Häuser, sollte später zu einem Problem werden.

Der Abend war alkoholreich und wir feierten ausgelassen. Wir fielen von einer Altstadtkneipe in die nächste und überall gabs reichlich Kölsch und Schnaps.

Es kam wie es kommen musste! Irgendwann verlor ich meinen Gastgeber aus den Augen und er war im

Getümmel nicht mehr aufzufinden. Es muss wohl weit nach Mitternacht gewesen sein, als ich das Gefühl hatte, jetzt wird's Zeit nach Hause zu gehen.

Endlich hatte ich ein Taxi gefunden, das mich „nach Hause" bringen würde. Bei der Frage: „Wo jeeht et hin?", merkte ich, dass ich keine Adresse sagen konnte. Ich beschrieb lallend meinem Chauffeur, dass es sich um irgendeine Straße in Longerich handelte und dass ein Haus wie das andere aussah. Der ortskundige Fahrer wusste sofort um welche Siedlung es sich handelte und fragte, ob ich denn eine Hausnummer hätte.

Hatte ich natürlich nicht. Der Taxifahrer
meinte dazu: „Dann heste en Problem,
min Jong"
Er setzte mich am Anfang der Straße ab
und wünschte mir noch viel Glück. Ich
wusste, es muss eines von den mittleren
Häusern der jeweiligen 4 er Gruppe sein
und natürlich erinnerte ich mich an den
Gartenzwerg mit Schubkarre. Von der
Straße aus, konnte man den

Eingangsbereich der Häuser schlecht
erkennen zumal durch Dunkelheit und

Hecken und Sträucher die Sicht nicht immer frei war.

Nachdem ich vor der achten oder zehnten Haustür noch keinen Gartenzwerg gefunden hatte, wollte ich nicht mehr den unnötigen Weg von der Haustür zum jeweiligen Gartentürchen über den Bürgersteig gehen. Ich nahm die Abkürzung und kletterte über die weißen Holzgartenzäune. Dabei hatte ich wohl den Grad meiner Betrunkenheit leicht unterschätzt und blieb bereits beim 3. Zaun mit dem Fuß hängen. Ich schlug mit dem Gesicht zuerst im Vorgarten auf, war aber nach eigener Einschätzung nur leicht verletzt. In einem der nächsten Vorgärten landete ich mit einem Fuß im Goldfischteich, konnte mich jedoch durch seitliches Abrollen in ein Rosenbeet vorm Ertrinken retten. Und wieder kein Gartenzwerg mit Schubkarre...

Weil ich vollkommen durchnässt, dreckig und mit zerrissener Jacke mal ausruhen musste, setzte ich mich auf die Eingangstreppe des ungefähr 39. Hauses und überlegte schon einfach zu klingeln und um Asyl zu bitten. Ich saß ungefähr eine Zigarettenlänge, als beim Nachbarhaus das Licht anging.

Dort stand mein Freund und Geschäftskollege und meinte: „da biste ja, warum kommste nich rein?" Ich ging ordnungsgemäß zum Bürgersteig und die nächste Gartentür wieder rein. Am Hauseingang begrüßte mich der Gartenzwerg mit Schubkarre mit einem breiten Grinsen.

Meiner Meinung nach, hatte er nachmittags noch nicht so hämisch gegrinst. Seitdem betrachte ich Gartenzwerge eher misstrauisch.

Sturmtief „Hildegard"

In den vergangenen Tagen hatte es mal wieder schwer gestürmt. Offenbar schaut meine Nachbarin keine Wettervorhersagen, sonst hätte sie nicht die Wäsche im Garten auf die Leine gehängt. Auch die besten Wäscheklammern halfen da nicht mehr. Sturmtief „Hildegard" hatte ganze Arbeit geleistet und die diversen Kleidungsstücke der Nachbarin lagen bei uns im Garten verteilt.

Man hilft sich ja gerne untereinander und ich wusste, da drüben ist keiner zuhause. Vermutlich sind sie alle auf der Arbeit und hatten die Wäsche einfach vergessen. Also, schnappte ich mir einen Wäschekorb und sammelte die Kleidungsstücke in unserem Garten auf.

Zuerst wollte ich den Korb vor der Haustür abstellen, aber dann dachte ich, es wäre vielleicht besser die Wäsche wieder auf die Leine zu hängen. Der Sturm war vorbei und es sah nach Auflockerung und Sonnenschein aus.

Es handelte sich ausschließlich um Unterwäsche und ich wunderte mich noch über die Anzahl der BHs, die den Weg in unseren Garten gefunden hatten. „Wie viele BHs braucht frau eigentlich?", dachte ich und begann die buntgemischten Exemplare über die Leine zu hängen. Ich wollte natürlich alles richtig machen und überlegte wie man die B, s richtig aufhängt.
Ein Körbchen linksrunter und eins rechtsrunter schien mir nicht stabil, da

durch die Metall- oder Kunststoffbügel in den Körbchen auch eine vernünftige Befestigung mit Wäscheklammern nicht möglich war. Zweimal war mir ein Büstenhalter schon runtergefallen, den ich mir dann um den Hals legte, um beide Hände frei zu haben und ihn dann erneut, diesmal am Rückenverschluss aufzuhängen.

Als ich gerade mit BH um den Hals und Slip in der Hand mit dem Aufhängen beschäftigt war, tauchen mein Nachbar und meine Nachbarin auf der Terrasse auf. Ich grüßte freundlich und erst nach einigen Augenblicken wurde mir klar, wie peinlich diese Situation aussehen musste und die verwunderten Blicke meiner Nachbarn sprachen Bände.

Ich stand in ihrem Garten und hatte den BH der Nachbarin um den Hals und den Slip in der Hand...!

Ich begann meinen Erklärungsversuch mit: „Das war Hildegard...", aber es hörte sich einfach nur erbärmlich an.

Martinstag

Am 11. November ist der sogenannte Martinstag.
Zahlreiche Traditionen gibt es in ganz Europa rund um den Martinstag zu Ehren von St. Martin, wir kennen hauptsächlich die Laternenumzüge, aber in
in Schweden serviert man traditionell einen Gänsebraten und lädt sich dazu Gäste ein. Wir hatten eine solche Einladung von unseren Nachbarn und freuten uns auf einen herrlichen Gänsebraten. Meine Frau war schon vor gegangen, weil ich noch auf ein wichtiges Telefonat wartete, dass ich gerne zuhause entgegennehmen wollte. Es kam, wie es kommen musste, ich kam zu spät und befürchtete schon, dass sie den Braten ohne mich gegessen hatten. Aber das Schicksal meinte es gut mit mir und der Gänsebraten kam gerade auf

den Tisch, als ich verspätet eintraf. Es war mir etwas peinlich, weil alle anderen Nachbarn schon am Platz saßen. Nur der Platz direkt neben der Gastgeberin und unmittelbar vor dem köstlichen Gänsebraten war noch frei. Die Gastgeberin war bekannt für ihr extravagantes Outfit und dafür, dass sie gerne ohne Luft zu holen erzählte. Bei uns würde man sagen: Sie ist ständig am schnattern! Weil alle schon am Tisch saßen, dachte ich, ich sollte mich kurz für meine Verspätung entschuldigen. Deshalb sagte ich in die Runde: „Ich bitte um Entschuldigung für meine Verspätung, es mir ja fast peinlich, dass ich zu spät gekommen bin, zumal man mir den Platz direkt neben der Gans freigehalten hat." Als ich in die Runde schaute, sah ich einige erstaunte und verdutzte Gesichter und ich bemerkte meine missverständliche Aussage, die ich dann korrigierte mit: „Ich meine natürlich die Gebratene!"

Stammtisch

Der Stammtisch - dort sitzt man zusammen bei Bier, Wein und Schnaps lästert und empört sich über alles und jeden. Kein Thema ist zu schwierig, keine politische Richtung fehlt und wenn die tagesaktuellen Geschehnisse nicht ausreichen, widmet man sich allgemeinen Themen wie Frauen, Jugend, Preise, Sport und Gesundheit eben alles was dazu gehört. Beliebt ist es auch mit Übertreibungen und haltlosen Behauptungen die Runde anzustacheln. Es wird mit Halbwissen agiert, dass man untermauert indem man behauptet, dass dies oder jenes dem Schwager eines Freundes, den man auch mit Namen nennen könne, neulich passiert sei. Der Wahrheitsgehalt einer beliebigen Behauptung steigt immens, wenn man auch noch die Verwandtschaftsverhältnisse der zitierten Person offenlegen kann. Nicht selten, verstrickt sich hierbei der ein oder andere Zeitgenosse in Nebensächlichkeiten, die dann zum Hauptthema werden.

Auch so manches Gerücht, hat seine Wurzeln in einem Stammtischgespräch:

Ein Beispiel:

„Ihr glaubt nicht, was neulich dem Schwager eines Kollegen passiert ist. Der, von dem ich zuletzt schon mal erzählt hab, der mit dem Elektrofahrrad!"

„Wer jetzt? Der Schwager oder der Kollege?"

„Der Schwager natürlich! Der aus Idar – Oberstein, der mit Reichenbachs Annemarie verwandt ist."

„Mit der Annemarie aus der Hauptstraße?"

„Die wohnt nicht mehr in der Hauptstraße, die ist umgezogen, die wohnt jetzt im Neubaugebiet – Einliegerwohnung! Bei dem Lehrer aus Worms."

„Der kommt nicht aus Worms, der stammt eigentlich aus… irgendwo südlich von Mannheim."

„Das Autokennzeichen ist aber Worms!"

„Na und…? Der hats bloß noch nicht umgemeldet. Unser Nachbar fährt schon seit Monaten mit einer Frankfurter Nummer rum."

„Du bist verpflichtet, spätestens nach so und so viel Wochen, dein Fahrzeug umzumelden."

„Quatsch, das war mal – irgendwann hat man das geändert mit dem Ummelden. Du kannst jetzt mit dem alten Nummernschild weiterfahren."

„Dann weiß man ja gar nicht mehr, wo die Leute herkommen."

„Das geht dich ja auch nix an!"

„Was war denn jetzt mit der Reichenbachs Annemarie?? Du wolltest doch was erzählen?"

„Weiß ich nicht mehr, habe ich vergessen!"

„Das war nur, weil der gesagt hat, die

hätte was mit dem Lehrer aus Worms."
„Das hab´ ich nicht gesagt, ich habe gesagt: Die wohnt bei dem!"
„Na also, die Annemarie, auf ihre alten Tage...! Ich gönne es ihr, mit dem jungen Lehrer."

Alarm in London

Meine Bundeswehrzeit verbrachte ich bei der Marine, was im Nachhinein betrachtet nicht das Schlechteste war. Ich war an Bord eines Zerstörers mit rund 260 Besatzungsmitgliedern. Als Navigator musste ich auf der Brücke beim Kommandanten oder beim zuständigen Offizier den Kurs berechnen und ständig die aktuelle Position neu angeben. Ich erinnere mich an eine Fahrt nach Portland in Südengland, die eine unserer ersten Fahrten mit dem frisch renovierten Zerstörer – Z5 – war und die ungefähr, mit allen Übungen, 3 Wochen dauerte. Am Wochenende lagen wir im Hafen von Portland und ich hatte zwei Tage keinen Wachdienst. Das war natürlich die ideale Gelegenheit zu einem ausgedehnten Landgang und einer Fahrt mit dem Zug nach London in die City. Wir waren zu Dritt – mein

Kumpel Kalle aus Köln, Kunstmann aus Frankfurt, den Vornamen hatte nie jemand erwähnt. Wir hatten von unserem Bootsmann eine Übernachtung in einer Pension am Londoner Stadtrand telefonisch buchen lassen. Er konnte am Besten englisch und hatte uns eine Pension ausgesucht, die wir uns von unserem spärlichen Wehrsold leisten konnten. 25 britische Pfund kostete die Übernachtung, was damals ungefähr 70 oder 80 DM waren. Das war für uns eine Menge Geld, bei 195 DM – Monatsverdienst. Wir freuten uns schon auf eine Übernachtung mit richtigen Betten und weißen Bettlaken. Wir wollten so schnell wie möglich in die Pension und unsere Sachen deponieren, damit wir uns ins Londoner Nachtleben stürzen konnten. Von der Central Station mussten wir noch ca. 20 Minuten mit der „Underground" fahren, bis wir schließlich die besagte Adresse der Pension gefunden hatten.

Wir standen auf der gegenüberliegenden Straßenseite und betrachteten das Haus. Zunächst sagte keiner ein Wort. Dann meinte Kunstmann: „Jetzt guck sich doch einer diese Bruchbude an, die hätte man in Frankfurt längst abgerissen." Und Kalle wusste sofort, mit unverkennbar kölschem Dialekt: „Hej övernacht´ isch nitt, isch bin doch nitt jeck."
Das Haus sah wirklich erbärmlich aus, ein Klappladen hing quer über die Fensteröffnung und der andere klappte ständig quietschend auf und zu. Die graue Fassade war sicher seit der Jahrhundertwende nicht mehr gestrichen worden und der Putz bröckelte großflächig von der Fassade.

Jetzt musste gehandelt werden und ich entschied: „Jungs, ich glaub es ist besser, wenn wir uns irgendwo im Hydepark auf die Wiese legen. Aber wir sollten zumindest Bescheid sagen, dass wir auf die Übernachtung hier verzichten und uns eine gute Ausrede einfallen lassen. Der Bootsmann hat unser Zimmer auf seinen Namen gebucht und der macht uns richtig Stress, wenn wir einfach so...! Wir können ja sagen, es wäre Alarm und wir müssten sofort zurück an Bord."

Wir zogen jeder ein Streichholz, um zu bestimmen wer die schlechte Nachricht der Pensionswirtin sagen musste und Kunstmann zog das Kürzeste. Naja, bisschen geschummelt hatten wir schon, denn Kalle und ich spielten auch des Öfteren Poker und da musste man manchmal dem Glück etwas nachhelfen. Wir schoben also Kunstmann, der bereits seinen Text auswendig lernte, in Richtung Tür um dem alten Mütterchen von der Pension zu sagen, dass sie heute leider alleine auf ihre Bruchbude aufpassen musste.

Kunstmann läutete an der Glocke vor der Tür und die wurde sofort aufgerissen. In der Tür strahlten uns lächelnd zwei Mädels an und irgendwie schien die Sonne aufzugehen. Wir waren nicht in der Lage auch nur einen Pieps von uns zu geben. Die Vorderste hatte lange blonde Haare und ein bildschönes Gesicht, die zweite war eine wahnsinnig schöne dunkelhaarige junge Dame, die ein Tablett in der Hand hielt mit drei Whiskygläsern, die sie uns lächelnd entgegenhielt.

Sie begrüßte uns mit einem strahlenden Lächeln und meinte:

„Welcome to our House, we wish you a pleasent stay in London."

Kunstmann wollte seine erlernte Rede loswerden und begann mit: "Sorry, Alarm…" Kalle und ich sahen uns an und ich legte unserem Freund Kunstmann die Hand auf die Schulter und sagte freundlich aber bestimmt:

„Kunstmann, please… Halt die Klappe!"

Anruf von – keine Ahnung –

Unerwünschte Anrufe von Betrügern und Verkaufsagenturen kommen meist aus professionellen Callcentern. Die Mitarbeiter sind mehr oder weniger gut geschult, auf jede Frage eine Antwort geben zu können, die dann wieder zu dem gewünschten Thema führt. Deshalb hilft auch die vermeintlich beste Frage nur in den seltensten Fällen. Das diese Anrufe nerven, darüber sind wir uns alle einig.

Man sollte sich einfach mal merken, dass niemand etwas zu verschenken hat und dass man nichts gewinnen kann, wenn man nirgendwo mitgespielt hat! Also, was tun, wenn man unerwünscht angerufen wird. Nutzt doch einfach die Gelegenheit eurem Gegenüber am Telefon etwas zu erzählen.

Je länger ihr es schafft, den unerwünschten Anrufer am Telefon zu halten, desto weniger Menschen kann er/sie mit den betrügerischen Anrufen schädigen. Also denkt Euch irgendeine Geschichte aus und wichtig: Lasst Euch nicht unterbrechen! Ihr kennt das von Politikern, die vom Journalisten durch Zwischenfragen zu irgendeiner Antwort gedrängt werden sollen. Der Profi redet weiter und blendet die Frage einfach aus. Ich will etwas erzählen, aber nicht unbedingt das, was Du hören willst!

Notfalls erzählt dem Gegenüber, was ihr gerade seht, wenn ihr aus dem Fenster schaut und denkt immer daran: Diese Anrufer*innen halten Euch für dumm und einfältig und wollen Euch unter Umständen um viel Geld betrügen – also, es gibt keinen Grund hier irgendjemanden zu verschonen.

Notfalls kann man sich auch ein rumliegendes Prospekt von Aldi oder so... schnappen und erzählen, was es so alles im Angebot gibt. Man kann auch eine Frage stellen, aber man muss nicht auf die Antwort warten. Einfach weitererzählen!

Ihr bestimmt auch, wann ihr den Hörer auflegt. Lasst Euch nicht auf ein Gespräch ein.

Wer im Internet aktiv ist, dessen Daten – wie Adresse und Telefonnummer - werden auch gehandelt. Meistens wollen sie Dir irgendwas andrehen und die Anrufe beginnen fast immer mit: „Spreche ich mit...?" Ich habe mir angewöhnt, auf diese Frage erstmal mit „Nein" zu antworten, dann wird meistens nachgefragt: „Kann ich mit Herrn Jürgen Disselhoff sprechen?" Dann läuft das Gespräch zum Beispiel so ab:

Ich: „Den habe ich schon seit ein paar Tagen nicht mehr gesehen!"

Anrufer: „Aber ich bin schon mit dem Anschluss... von Jürgen Disselhoff verbunden?"

Ich: „Also, ich sag Ihnen jetzt mal was! Wenn der sich hier nochmal blicken lässt, trete ich ihm in die Eier und das können sie ihm auch ausrichten, falls Sie ihn erreichen."

Anrufer: „Mit wem spreche ich denn?"

Die Anrufer braucht einen Namen um eventuelle Geschäftsabschlüsse rechtsverbindlich zu machen. Das Gespräch wird immer aufgezeichnet, damit bei späteren Reklamationen der Angerufene eindeutig identifiziert werden kann.

Ich: „Vergangenen Samstag kam er stinkbesoffen nach Hause und hat nach meinem Hund getreten, dieses Sackgesicht. Wissen sie, der Lumpi, das ist unser Rauhaardackel, der merkt irgendwie, wenn jemand besoffen ist und das mag er gar nicht. Zuletzt hat er ihn gebissen und seitdem mögen sich die beiden nicht mehr. Haben sie einen Hund?"

Anrufer: „Nein, ich habe eine Katze, aber zurück zum…"

Ich unterbreche: „Wie heißt die denn,

die Katze? Wissen sie, die Katze der Nachbarin heißt Harry, obwohl es gar kein Kater ist. Der Harry und unser Lumpi, die mögen sich gar nicht. Zuletzt hatte der Lumpi eine blutige Nase, das war bestimmt der Harry. Unsere Nachbarin sagt zwar `der wars nicht´, aber der kann man sowieso nichts glauben. Die hat am Montag gesagt, dass die Müllabfuhr heute die braune Tonne abholt und welche wars, die Schwarze! Jetzt habe ich die Schwarze randvoll und das nächste Mal kommen die erst in ein paar Wochen. Wie heißt nochmal ihre Katze?"

Anrufer: „tut- tut- tut" Aufgelegt!

Schade, ich hätte ihm gerne noch erzählt, dass man für Hund und Katze eine Haftpflichtversicherung abschließen sollte und wo es die am günstigsten gibt. Vielleicht nächstes Mal.

Trödelmarkt

Weshalb Trödelmärkte so beliebt sind, dürfte jedem klar sein. Für relativ wenig Geld kann man gebrauchte Sachen kaufen, die früher mal richtig viel Geld gekostet haben. Manche geraten regelrecht in einen Kaufrausch und bringen dann Sachen nach Hause, die sie entweder schon haben oder die keiner braucht.

Bei uns finden solche Märkte regelmäßig am Wochenende statt, so auch in Bad Kreuznach auf dem großen Parkplatz einer Diskothek, die erst abends öffnet. In der Nachbarschaft befinden sich große Einkaufsmärkte z.B.: ein Lebensmittel- und ein großes Sportgeschäft. Mein Ziel war das Lebensmittelgeschäft.

Leider hatten die Flohmarktbesucher alle Parkplätze bereits belegt, so dass ich beim Sportgeschäft parken musste.

Mein Weg zum Lebensmitteldiscounter führte mich über den Flohmarkt und ich sah die vielen Kostbarkeiten, von denen einige heute noch den Besitzer wechseln würden. Ich blieb kurz an einem Stand stehen und hörte den Verhandlungen zu. Man hatte den Eindruck, dass kein Gegenstand zum erstmal ausgesprochenen Preis verkauft wurde. Das lief dann ungefähr so ab:

Käufer: „Was kostet die Bohrmaschine?" Verkäufer: „Fünfzig"

„Ich geb´ dir 10 Euro!" „Die ist ja noch so gut wie neu – 40 ist das mindeste."

„Mach 20, dann nehme ich sie gleich mit." „Weil Du es bist 30 Euro!", sagt der Verkäufer und streckt die Hand aus um das Geschäft zu besiegeln.

„Fünfundzwanzig – bar auf die Hand", meint der Käufer und nimmt die Hand des Händlers.

Der Händler meint noch: „Ihr wollt wohl unbedingt, dass ich bankrottgehe!" und nickt zustimmend.

Ich gehe weiter und hole mir einen Einkaufswagen – 50 Cent – der lässt nicht mit sich verhandeln, dachte ich so bei mir.

Nach dem ich alles gekauft hatte, schob ich meinen Wagen über den Flohmarkt bis zu meinem Auto. Jetzt musste ich den Einkaufswagen zurückbringen, also nochmal über den Flohmarkt. Beim Rückweg sah ich 2 junge Männer, die eine Kommode gekauft hatten und sich schleppenderweise in Richtung Parkplatz bewegten. Die Kommode schien schwer zu sein. Als ich die beiden gerade überholen wollte fragte der eine: „Was kostet denn die Karre?" Ich: „50!" Er: „Ich gebe Dir 10!" Ich hatte ja gelernt und sagte: „Der ist so gut wie neu – 40 ist das mindeste."

Er: „Mach 20, dann nehme ich ihn gleich mit." Er hielt mir einen 20 Euro Schein hin!

Ich dachte: Verdammt, will der wirklich den Einkaufswagen kaufen?

Ich nahm lächelnd die 20 Euro, gab ihm ordnungsgemäß die Hand und ging zu meinem Auto…!
Vielleicht hätte ich doch 30 verlangen sollen.

Hühnerfrikassee

Auf unserem kleinen Bauernhof in Schweden haben wir jetzt vier Hühner und einen Hahn, dafür habe ich einen Hühnerstall gebaut und wir haben viel Spaß mit den Hühnern, die den ganzen Tag auf unserem Gelände frei herumlaufen dürfen. Da wir keinerlei Erfahrungen haben mit Hühnern, tun sich ab und zu Probleme auf über die erfahrene Hühnerbesitzer wahrscheinlich nur lächeln. Unser Hahn hatte zum Beispiel vorgestern den ganzen Tag das linke Auge geschlossen, wir vermuteten einen Kampf mit einem Raubvogel oder einer Elster. Die Elstern sind echt frech und gehen immer wieder an das Hühnerfutter, dass wir auch außerhalb des Hühnerhauses hingestellt haben, obwohl ich glaube, dass die Hühner hier auf dem großen Gelände (ohne Zaun oder dergleichen) genügend

Futter finden. Seit gestern hat unser Kampf gegen wild lebende Tiere aber ein neues Niveau erreicht.

Wir haben ein Elster Problem! Diese Rabenvögel sind als Nesträuber bekannt und überfallen nicht nur Nest und Brutstätten der heimischen Singvögel, sondern machen sich auch bei Hühnerbesitzern äußerst unbeliebt. Dass sie sich über unser Hühnerfutter hermachen ist ja gerade noch erträglich, aber wenn sie die Eier im Hühnerhaus anpicken und fressen, hört der Spaß auf. Zumal man nie weiß welche Krankheiten sie in die Hühnerschar verteilen.

Ich hatte darüber letzte Woche ein Gespräch mit unserem Nachbarn Lars, der selbst einen Hühnerstall mit ca. 20 Hühnern besitzt. Er hatte das gleiche Problem und meinte, dass er dagegen etwas unternehmen wolle. Er hätte ja ein „Hagelgewehr" (so heißt eine Schrotflinte auf Schwedisch) und würde sich mal morgens auf die Lauer setzen

und der Elsterbande mal richtig einheizen!!!
Gestern Morgen gegen halb sieben hörte ich aus der unmittelbaren Nähe zwei Gewehrschüsse. Ich wusste sofort: das war Lars, mit seinem doppelläufigen „Hagelgewehr".

Neugierig auf den Erfolg ging ich dann mal zu seinem Anwesen um mir aus erster Hand über die „Aktion Elsterabwehr" berichten zu lassen. Schon von Weitem hörte ich laute Stimmen und ich erkannte die durchdringende Stimme unserer liebreizenden Nachbarin und die kleinlauten Erwiderungen von Lars.
Sehr frei übersetzt hörte ich: "Wie kann man nur so blöd sein? Meinst Du, wenn Du eine Elster erschießt, dass dann die anderen hundert nicht mehr kommen?"
Ich schloss daraus, dass Lars mit seiner Schrotflinte erfolgreich war, sich aber irgendwie den Unmut seiner Frau

eingehandelt hatte. Ich will nicht lange drumherum erzählen, die nackten Zahlen liefern ein eindeutiges Bild für das Gesamtgeschehen.

Ergebnis der „Aktion Elsterabwehr": ein toter Hahn – ein totes Huhn und zwei schwerverletzte Hühner.

Respekt!!! – mit nur zwei Schüssen!

Ich vermute, dass es diese Woche bei meinen Nachbarn Hühnerfrikassee oder ähnliches gibt, wahrscheinlich jeden Tag.

Lars sollte seinen Jagdschein und insbesondere seine Treffsicherheit mit Schießübungen nochmal auffrischen...!

Die Hotline

Wer schon mal Hilfe gebraucht hat von einer großen Organisation oder Firma, der kennt die Probleme die man mit Hotline und Service Centern haben kann. Ich hatte eine Eintrittskarte für ein Lionel Richie Konzert, das jedoch wegen Corona ausgefallen war. Der Konzertveranstalter hatte das Geld für die Eintrittskarte über die Klarna Bank an mich nach Deutschland überwiesen, bei mir war jedoch nichts angekommen. Ich suchte mir die Servicenummer der Klarna Bank heraus: Die helfen mir bestimmt weiter

Meistens kommt zunächst eine Computerstimme die uns in die richtige „Kategorie" unserer Anfrage einschleust. Bei meinem Kontakt mit der Klarna Bank lief das ungefähr so ab:

Computer: „Schön, dass sie Kontakt mit uns aufnehmen. Um sie mit dem richtigen Mitarbeiter verbinden zu können, beantworten sie bitte folgende Fragen:

Haben sie Fragen zu ihrem Klarna Konto – dann drücken sie bitte die 1"

Nein, habe ich nicht, also weiterhören..., man hat extra eine wohlklingende Frauenstimme ausgesucht, die den Anrufer schon mal etwas beruhigen soll – falls es sich um eine Reklamation handelt.

Computer: „Haben sie Fragen zu einer Rechnung oder Lieferung- dann drücken sie bitte die 2"

„Das kommt der Sache schon näher, ich drücke die 2"

Computer: „Bitte kontaktieren sie ihren Lieferanten, vielen Dank für ihren Anruf bei Klarna."

Computer: "Tut, tut, tut."

Ich glaube da habe ich was falsch gemacht! Mit dem Lieferanten (bei mir Konzertveranstalter) habe ich natürlich schon längst gesprochen und man hat mir einen Nachweis geschickt, dass das Geld an die Klarna Bank geschickt wurde. Also wähle ich nochmal die Nummer der Hotline.

Die ganze Story geht von vorne los. Nachdem ich die beiden ersten Aufforderungen ignoriert habe kommt die Frage:

„Haben sie Fragen zu einer Reklamation oder einer Rücklieferung, dann drücken sie bitte die 3!"

Im weitesten Sinne ist das ja eine Reklamation, weil Lionel - wegen Corona - nicht kommen wollte und ich den Eintritt ja bereits bezahlt hatte. Ich habe also etwas bestellt und nix gekriegt. Ich drücke die 3!

Die freundliche Tante meint dazu: „Bitte kontaktieren sie ihren Lieferanten, vielen Dank für Ihren Anruf bei Klarna, tut, tut, tut…"

Ich brülle ins Telefon: „Verfluchte Scheiße, wollt ihr mich

verarschen?" Leicht angefressen wähle ich erneut die Nummer der Hotline. Wehe es hebt einer ab, dem erzähl ich aber mal was für eine Kack Hotline sie haben."

Die Computer Tussi ist jedenfalls genauso freundlich wie eben, vielleicht ist das ja gar kein Computer, sondern da sitzt eine gelangweilte Hausfrau die den ganzen Tag denselben Text vorliest. Ich teste das, indem ich mitten in ihr Gelaber eine obszöne Bemerkung mache, die ihr bestimmt den Küchenstuhl weghaut. Keine Reaktion – dann warte ich eben, was sie noch sagt.

Sie: „Haben sie Fragen zu Aktienkäufen oder anderen Investmentgeschäften, dann wählen sie bitte die 5"

Verflucht, jetzt hatte ich durch meine sexuelle Belästigung der Hausfrau die Nummer 4 verpasst, die wahrscheinlich mit Rückerstattungen von nicht stattgefundenen Lionel Richie Konzerten, unter Berücksichtigung von

Corona, zu tun hatte. Ich drücke vorsichtshalber die 4 und wartete.

Jetzt muss die Halbtagshausfrau in ihrem Konzept zurückblättern, weil ich die 4 nach Ablauf der 5 gedrückt habe. Da ist sie bestimmt durcheinandergekommen.

Aber dann doch: „Bitte kontaktieren sie ihren Lieferanten. Vielen Dank für ihren Anruf bei Klarna. Tut, tut, tut…"

Ich knalle mein Handy auf den Tisch und habe jetzt einen Sprung im Display. Für heute habe ich die Schnauze voll! Ich rufe morgen mal bei Lionel Richie an und erzähle ihm wie man mit seinen Fans umgeht, nur weil er wegen Corona nicht kommen wollte. Wahrscheinlich kriege ich den einfacher ans Telefon, als einen Mitarbeiter der Klarna Bank.

Die Steuererklärung

Mahnung vom Finanzamt – die Abgabe der Steuererklärung ist eine der Tätigkeiten, die ich gerne mal in meiner Prioritätenliste ganz weit nach hinten schiebe, falls sie es überhaupt auf die Liste schafft.

Aber irgendwann musste ich mich hinsetzen und die Sache angehen, bevor ich eine Mahngebühr zahlen muss. Wie gehe ich das an?

„Am besten ich lege mir die diversen Ordner auf den Tisch und rufe schon mal auf dem Laptop das Programm auf für die Steuererklärung." Beim Suchen des Programmes, fielen mir einige Dateien auf dem Computer auf, die ich schon lange löschen wollte. Ich begann mit dem Markieren der entsprechenden Dateien und merkte schnell, dass ich tiefer und tiefer in den Dschungel meines Laptops eintauchte. Mir fiel ein:

„Wenn ich jetzt damit weitermache, komme ich frühestens übermorgen dazu die Steuererklärung zu machen." Schweren Herzens beendete ich mein Cleaning am PC und dachte darüber nach, welche Ordner ich jetzt aus dem Büro hole, damit mein Tagesplan aufgeht. Mein Blick schweifte durchs Wohnzimmer und ich sah eine Ecke auf unserem Fernsehtisch, die im Sonnenlicht sehr staubig wirkte. Mit einem Wischtuch bewaffnet ging ich voller Elan ans Werk und befreite Fernsehtisch, Fernseher und die darüberliegenden Regale vom Staub. Beim Abräumen der Regale fielen mir die vielen unnützen Dinge auf, die man so im Laufe der Zeit auf die Regale stellte und die eigentlich keiner brauchte.

Ach so, ich wollte ja die Steuererklärung...! Ich war fast wieder auf dem Boden der Realität zurück, als ich unsere bedauernswerten Blumen auf der Fensterbank sah. Erst kürzlich hatte ich einen Anschiss kassiert, weil meine Frau meinte, ich könne ja auch mal die Blumen gießen. Ich suchte die kleine Gießkanne und begann die sorgsam aufgereihten Blumentöpfe mit frischem Wasser zu versorgen. Kakteen brauchen ja nicht so viel Wasser, aber Unsere schienen mir sehr ausgetrocknet und ich gab ihnen mal reichlich Wasser.

Plötzlich klingelte es an der Tür. Es war immer dasselbe, da war man gerade mit der Steuererklärung beschäftigt und dann kam jemand und zerstörte den ganzen Tatendrang. Ich öffnete und mein Nachbar stand vor der Tür. „Wir haben ein neues Sofa gekriegt, das gerade gekommen ist, kannst Du mir beim Reintragen helfen?" Ich höre mich sagen: „Oh, eigentlich bin ich gerade bei der Steuererklärung, aber natürlich helfe ich dir!"

Nachdem wir das Sofa reingetragen und die Teile miteinander verschraubt hatten, gönnten wir uns auf dem neuen

Sofa eine Pause und tranken ein Bier zusammen.

„Also, ich hasse es die Steuerklärung zu machen und schiebe das immer so lange es geht auf", meinte mein Nachbar.

Ich antwortete: „Damit habe ich gar kein Problem, wenn man erst mal dran ist…"

Ich trottete irgendwann nach Hause und verschob die Steuererklärung auf einen der nächsten Tage oder Wochen oder…!

Der Traktorspezialist

Seit wir die Sommer in Schweden verbringen habe ich einen Oldtimer – Traktor, der uns schon bei vielen Arbeiten nützlich war. Es ist ein Ferguson TED 20, den scheinbar jedes Kind in Schweden erkennt. Dieser Traktor hat einen Spitznamen und wird wegen seines grauen Anstriches hier nur „Grolle" genannt (schreibt man hier mit Å – „Grålle" und grå heisst: grau).
Unserer ist von 1950 und somit derzeit stolze 72 Jahre alt. Man muss da schon ab und zu den Schraubenschlüssel in die Hand nehmen und das ein oder andere Teil auswechseln. Dabei werde ich scheinbar vom halben Dorf beobachtet, denn wenn einer was zu schweißen hat oder eine Maschine nicht läuft fragt man mich.
Das wundert mich, denn ich habe in Wirklichkeit keine Ahnung vom

Schweißen und auch bei Motoren kennt sich jeder KFZ – Lehrling im ersten Lehrjahr besser aus, als ich. Aber durch die vielen Reparatur- und Austauscharbeiten die bei so einer alten Maschine immer wieder notwendig waren meinten die Leute: Wer so viel rumschraubt, der kennt sich aus!
Neulich hatte mein Nachbar ein Problem mit seinem alten Volvo Traktor und fragte, ob ich mal schauen könnte. Ich fuhr also mit meinem alten Ferguson zum Nachbarn und man erwartete mich schon. Er erklärte mir, dass der Traktor plötzlich ausgegangen sei und nicht mehr anspringt.

Ich drehte am Zündschlüssel und versuchte zu starten, er sprang nicht an. Das konnte ja alles Mögliche sein. Ich sah vorsichtshalber mal in den Tank und prüfte ob noch genügend Benzin drin war. Hier in Schweden sind die meisten alten Traktoren Benziner, denn dann hat man im Winter weniger Probleme, als mit einem Diesel. Dann holte ich meinen Werkzeugkoffer und fragte meinen Nachbarn, was es ihm denn wert sei, wenn der Traktor wieder laufen würde. Er zählte mir die ganzen Arbeiten auf, die er in den nächsten Tagen erledigen wollte und meinte: „Wenn Du den schnell wieder zum Laufen bringst, wäre mir das schon was wert!"

„Ich meine nicht Geld", sagte ich und nickte mit dem Kopf zur Grillstelle und er verstand.

Die selbstgebaute Grillstelle ist wirklich gemütlich und so oft es geht sitzt man dort draußen und hat einen gemütlichen Abend.

„Ist es eine größere Sache?", fragte er und ich antwortete: „Es kommt kein Benzin am Vergaser an und ich werde das gesamte Zündsystem systematisch Schritt für Schritt prüfen müssen." Das hörte sich dramatisch und nach viel Arbeit an und war noch nicht mal gelogen.

„Kein Problem, ich sorge für alles was man zum Grillen braucht," meinte er.

„Auch Bier?", fragte ich vorsichtshalber.

„Auch Bier!", versicherte er. Dazu sollte man wissen, dass die Alkoholpreise in Schweden verdammt hoch sind.

„Dann besorg schon mal alles, bevor das Feuer brennt, läuft dein Traktor wieder!" versprach ich großspurig. Ich schwenkte dabei einen großen Schraubenschlüssel und wühlte lautstark im Werkzeugkasten. Er verschwand im Haus und kam nach einer Weile zurück mit allerhand Grillmaterial, seine Frau trug eine große Schüssel und sein Schwager kam mit einer Kühlbox gefüllt mit Bier.

Ich setzte mich gemütlich an die Feuerstelle und öffnete für jeden ein Bier. Alle sahen mich erwartungsvoll und fragend an. Der Schwager begann das Holz an der Grillstelle zurechtzulegen und hatte einen Kanister mit Benzin mitgebracht, den ich ihm aus der Hand nahm. „Feuer, machen wir aber ohne Benzin!", sagte ich und füllte den Sprit kurzerhand in den Tank des Traktors. Ich legte die Hand auf die Haube des Traktors und sprach ein kurzes undeutliches Gebet. Als ich den Deckel wieder drauf geschraubt hatte, drehte ich den Schlüssel um und der Traktor sprang sofort an.

Alle schauten mich ungefähr so erstaunt an, wie ich, als ich bei Siegfried und Roy in Las Vegas war.

Ich muss zugeben, ich hatte schon schwierigere Reparaturen. Es war trotzdem ein schöner Grillabend.

Nicht mein Tag

Jeder hat mal einen Tag an dem man denkt, heute wäre es besser gewesen im Bett liegen zu bleiben. Nichts klappt richtig, alles geht schief. Man sollte mal jemanden mit psychologischer Ausbildung fragen, ob es normal ist, wenn sich an einem Tag die Missgeschicke unerklärlich häufen. Vielleicht provoziert man unbewusst weitere Unglücke, wenn der Tag schon beschissen anfängt. Es fing wirklich schon in aller Herrgottsfrühe an, als ich schlaftrunken vom Bett in Richtung Klo schlurfte. Am Abend hatte ich im Flur ein paar Regalbretter auf den Boden gelegt, weil ich gestern Abend keine Lust mehr hatte dreimal vom oberen Stockwerk in den Keller zu laufen um die Bretter ordnungsgemäß zu lagern. Mit halbgeschlossenen Augen blieb ich mit dem kleinen rechten Zeh an dem Bretterstapel hängen. Ein furchtbarer Schmerz presste sich durch alle Nervenbahnen vom Zeh in den Fuß, vom Fuß ins Bein und mein Körper krümmte sich vor unsäglichem Schmerz. Ich wollte laut losschreien, dachte jedoch an meine Frau die noch friedlich im Bett schlummerte. So blieb mein Schrei lautlos, wie in einem Zeichentrickfilm, wenn man den Ton abgestellt hat und der geplagte Held mit offenem Mund seinen ganzen Schmerz darstellt.

Ich schloss schnell den Mund und presste die Zähne fest aufeinander. Ein Zischen konnte ich aber nicht vermeiden. Meine Frau ist trotzdem aufgewacht und ruft: "Jürgen, ist was passiert?" Meine Antwort fiel ungewöhnlich laut aus, ich schrie: „Nein, nix!" Und dann unhörbar leise: „Verdammte Scheiße!"

Mir standen vor Schmerzen die Tränen in den Augen und meine Frau fragt, ob was passiert ist. Man ist in diesem Moment nicht in der Lage eine ausführliche

Erklärung zu geben und außerdem hatte meine Frau mich am Abend gebeten die Bretter gleich in den Keller zu bringen. Ich hatte aber keine Lust... und wenn ich jetzt erklären würde, dass ich mit dem kleinen Zeh an den Brettern hängen geblieben war, die eigentlich schon im Keller...! Nein diese Genugtuung gönne ich ihr nicht, jedenfalls nicht in diesem Moment.

Irgendwie tut es gut in einem solchen Moment zu fluchen und ich fluchte lautlos in Gedanken und unterstütze die Flüche mit wildem Gefuchtel und einem gezielten Schlag ins Gesicht eines imaginären Gegners. Dem hatte ich aber jetzt richtig in die Fresse gehauen, dem Schweinehund.

Abreagieren ist wichtig und muss sein! Warum war ich eigentlich aufgestanden?

Ach so, ich wollte ins Bad. Wenigstens das klappte reibungslos. Ich war jetzt hellwach und schleppte mich die Treppe runter in die Küche. Kaffee machen, dachte ich und mein Blick fiel auf die Küchenuhr. Die Küchenuhr zeigte 3.56 Uhr. Schon wieder die Batterie alle. Ich klopfte mit dem Zeigefinger auf die Uhr. Im gleichen Moment stürzte die Uhr mit einem dumpfen Knall auf den gefliesten Küchenboden und das Glas verteilte sich bis zur Küchentür. Wir hätten doch die billigere Uhr mit Plastikscheibe kaufen sollen, dachte ich. Der Handfeger war im Flurschrank und ich balancierte barfuß durch die Glassplitter aus der Küche. Wenigstens, tat der kleine Zeh nicht mehr so weh. Man sollte versuchen selbst in unglücklichsten Situationen noch Positives zu erkennen, auch wenn es schwerfällt.

Ich arbeitete mich mit dem Handfeger und der kleinen Schippe bis zum Unglücksort vor und hatte mutmaßlich alle 500 Glassplitter aufgekehrt. Genau prüfen könnte man das ja nur, indem man die Glasscheibe aus den Splittern wieder zusammensetzt. Diese Idee verwarf ich aber gleich wieder und vertraute auf meine Kehrkünste. Was wollte ich denn eigentlich in der Küche? Unsere Kaffeemaschine arbeitete seit Jahren tadellos und ich hatte keinen Zweifel daran, dass sie das auch heute tun würde. Wasser einfüllen, Filter Nr. 4 einsetzen, Kaffee einfüllen, Knopf drücken und warten.

In der Wartezeit ging ich ins Wohnzimmer und drückte auf die Fernbedienung um mich bei ARD und ZDF über die neuesten Nachrichten zu informieren. Es lief irgendeine Doku über die Probleme von Auswanderern, die wieder zurückkommen nachdem es im Ausland nicht funktioniert hat.

Normalerweise begann das Morgenmagazin doch um 5.30 Uhr und Dunja Hayali oder Till Nassif informierten über die neuesten Ereignisse. Der Blick an die

Küchenwand zur Kontrolle der Uhrzeit misslang aus bereits geschilderten Gründen, dafür sah ich, dass sich auf unserer Küchenarbeitsplatte ein dunkelbrauner See aus Kaffee verteilte, der gerade begann an den Küchenschränken herunterzulaufen und zum Teil in den Schubladen und Aufbewahrungsschränken verschwand.

Was für eine Sauerei...!

Es dauerte über eine Stunde alle kaffeegeschädigten Teile zu säubern und die Schubladen und Schränke zu reinigen. Irgendjemand hatte den Filter bei der Kaffeemaschine nicht richtig eingelegt. Ich verspürte eine große Müdigkeit.

Ich schaltete den Fernseher gerade wieder aus, als Dunja und Till mit ihrem Morgenmagazin begannen. Ich hatte mich entschieden nochmal ins Bett zu gehen, um dem Tag noch eine Chance zu geben besser zu werden. Auf der Bettkante sitzend entfernte ich noch ein paar Splitter aus meinen Fußsohlen und testete die Beweglichkeit meines kleinen rechten Zehs.

Dann fiel ich rückwärts ins Bett und schlief auch bald ein. Insgeheim hoffte ich darauf nach dem Aufwachen und dem allmorgendlichen Weg in die Küche, an der Küchenwand eine intakte Uhr zu finden.

Unerwarteter Applaus

Ende der 70er Jahre arbeitete ich, unter anderem, als Schrankenwärter an der Bahnstrecke von Bad Kreuznach nach Mainz. Zwischen den Dörfern Planig und Ippesheim kreuzte die Bahnstrecke die Bundesstrasse 41. Schon damals fuhren täglich rund zehntausend Fahrzeuge über diesen Bahnübergang. Zu meinen Aufgaben gehörte es die Bahnschranken rechtzeitig vor Annäherung des Zuges zu schliessen und nach Vorbeifahrt des Zuges wieder zu öffnen. Das kleine Schrankenwärterhäuschen war cirka 50 m vom Bahnübergang entfernt. Mit einer Handkurbel, die über Drahtseile mit der Schrankenanlage verbunden war wurden die grossen Schlagbäume geöffnet und geschlossen.

Es wurde im Schichtdienst gearbeitet und ich hatte an diesem Samstag im

Sommer die ungeliebte Spätschicht, die bis zur Durchfahrt des letzten Zuges um 20.36 Uhr dauerte.

An diesem Abend waren wir mit unserer Band irgendwo im Hunsrück engagiert und ich hatte angekündigt, dass ich auf schnellstem Weg mit dem Motorrad nachkommen würde. Mein Motorrad stand bereits startbereit vor dem kleinen Bahnwärterhäuschen und ich wartete ungeduldig, dass der letzte Zug vorbeirauschen sollte. Die Autos stauten sich bereits vor dem Bahnübergang und warteten auf die Vorbeifahrt des Zuges. Dann kam er endlich, der letzte Zug an diesem Abend mit ein paar Minuten Verspätung und donnerte mit einem Höllentempo am Bahnübergang vorbei. Ich hatte bereits alles für meinen Feierabend vorbereitet und sprang nach der Vorbeifahrt aufs Motorrad und startete in Richtung Bad Kreuznach um schnellstens zu meinem Termin in den Hunsrück zu fahren.

Nach ein paar Minuten war ich auf der Umgehungsstrasse von Bad Kreuznach, als in mir ein beunruhigender Gedanke aufkam. Hatte ich die Bahnschranke nach der Durchfahrt des Zuges wieder geöffnet? Ich wurde unsicher und verringerte mein Tempo. Die Zweifel wurden immer größer, bis ich schliesslich wendete und zurück fuhr.

Die Schlange der Fahrzeuge reichte durch den gesamten Ort und ich rauschte an den warteten Fahrzeugen vorbei in Richtung Bahnübergang. Tatsächlich hatte ich in meiner Ungeduld und Eile vergessen die Bahnschranke wieder zu öffnen. Das Bahnwärterhäuschen war bereits von einigen Autofahrern belagert, die nachschauen wollten warum sich die Schlagbäume nicht geöffnet hatten.

Sie gestikulierten wild mit den Armen, als ich am Schrankenposten eintraf und einer fragte ob etwas kaputt wäre. Ich hatte schon auf der Rückfahrt überlegt, wie ich das Missgeschick erklären konnte und dieser Autofahrer lieferte mir die beste Ausrede. Ich erzählte etwas von Störungen an der Anlage und dass ich eben an der Verteilerstation war und versucht hatte den Schaden zu beheben. Ich öffnete die Tür und begab mich umgehend zur großen Handkurbel. In der Tür meines Bahnwärterhäuschens standen vielleicht 10 Personen und schauten mir zu. Ganz vorsichtig und langsam drehte ich an der großen Kurbel und bat die Zuschauer die Daumen zu drücken, dass meine Reparatur der Anlage erfolgreich war.

Die beiden riesigen Schrankenbäume öffneten sich ganz langsam wie von Zauberhand und ich lächelte den wartenden Autofahrern zu. Spontan fing jemand an zu klatschen und alle anderen stimmten ein und gratulierten mir zu der erfolgreichen Reparatur der Anlage.

Eigentlich hatte ich damit gerechnet den ersten Applaus dieses Abends erst nach meinem Eintreffen im Hunsrück zu erhalten.

Pfifferlinge

Möchte man Pilze nicht sofort nach dem Sammeln verzehren, dann sollte man ihnen die Flüssigkeit entziehen. Das funktioniert gut und schonend im Backofen, wenn man sie auf das Blech legt und bei mäßiger Hitze trocknet. Pilze bestehen zu ca. 90 % aus Wasser. Eine Restfeuchte von 15 – 20 Prozent ist für die Lagerung perfekt. Natürlich werden sie durch das Trocknen auch leichter, aus einem Kilogramm Pfifferlingen bleiben nach der Backofenbehandlung nur ca. 180 g getrocknete Pilze.

Es sollte an diesem Tag eine feine Pfifferlingsoße geben und wir hatten noch eine kleine Schüssel dieser mühsam selbst gesammelten und aufwendig getrockneten Pilze, die wir aus Schweden mitgebracht hatten. Den zum Essen eingeladenen Freunden, hatten wir schon die köstliche Pfifferling Soße zum Braten angepriesen und alle freuten sich auf das köstliche Essen. Die Vorbereitungen in der Küche waren in vollem Gange, als ich über der Küchenarbeitsplatte und am Küchenfenster eine Schar von Fruchtfliegen ausmachte.

Meine Frau hatte bereits eine kleine Schüssel mit Essig und Spülmittel aufgestellt, aber um diese Schar loszuwerden, musste man härtere Maßnahmen ergreifen. Schleunigst holte ich den Staubsauger und begann die Plagegeister durch das Saugrohr zu entsorgen. Wo die bloß alle immer herkommen, dachte ich und saugte fleißig eine nach der anderen vom Fenster, vom Küchenschrank, von der Arbeitsplatte und jetzt waren sie sogar über die Schüssel mit den getrockneten Pfifferlingen hergefallen.

Ich verfolgte sie mit dem Saugrohr und

erwischte sie im Anflug auf die Pilze. Leider war ich etwas zu nahe an die Schüssel mit den Pfifferlingen geraten und die getrockneten Pilze verschwanden mit einem schlürfenden und krachenden Geräusch im Saugrohr des Staubsaugers.

Mein verzweifelter Blick in die Öffnung des Staubsaugerrohres verriet mir, dass die Pfifferlinge den Weg der Fruchtfliegen begleitet hatten und auf „Nimmerwiedersehen" in den Staubsaugerbeutel verschwunden waren.
Champignons von Aldi schmecken auch ganz gut...!

Angeln mal anders

Für viele aus meinem Bekanntenkreis ist Schweden ein Paradies für Angler. Grundvoraussetzung zum Angeln ist, dass ein passendes Gewässer zur Verfügung steht. Davon hat Schweden wirklich reichlich. Von unserem Haus bis zum nächsten Angelgewässer sind es nur ein paar hundert Meter. Aus diesem Grund habe ich im Auto immer eine Angel und das notwendige Grundzubehör. Letzte Woche war ich einkaufen und auf dem Rückweg dachte ich, ich kann ja mal probieren, ob ich was fange. Ich bog deshalb auf der Nachhause Fahrt nochmal ab und steuerte meinen Lieblingsangelplatz an. Nicht, dass man dort besonders gut fängt, aber es war ein sehr schöner ruhiger und idyllischer Platz am See und es lag ein dicker Baumstamm direkt am Ufer, so dass man sich bequem hinsetzen konnte. Eigentlich hatte ich hier noch nie etwas gefangen, aber es war trotzdem mein Lieblingsplatz. Vielleicht lag es auch an den alten Bäumen, die am Ufer eine schöne natürlich Begrenzung zum Wasser bildeten.

An diesem Tag hatte ich irgendwie das Gefühl, dass etwas Besonderes passieren würde, mein Gefühl versprach einen sensationellen Fang.

Ich setzte mich auf den Baumstamm und öffnete die vor wenigen Minuten gekauften Shrimps, die sich als Köder hervorragend eigneten. Die waren zwar eigentlich fürs Abendessen gedacht, aber wer braucht schon Shrimps, wenn ich stattdessen eine schöne Lachsforelle mit nach Hause bringen würde. Ich holte mit der Angel weit aus, um mit Schwung den Schwimmer mitsamt Köder an der richtigen Stelle zu platzieren, aber irgendwie hatte ich die Richtung falsch berechnet. Jedenfalls wickelten sich

Schwimmer samt Haken und Shrimp um einen dicken Ast über dem Wasser in ungefähr 4 – 5 m Höhe. Ich zog an der Angelschnur und hoffte, dass der Haken sich vom Ast lösen würde, damit ich erneut auswerfen konnte. Der Fall war jedoch hoffnungslos, weil sich die ganze Konstruktion mehrfach um den Ast gewickelt hatte.

Dann sah ich, dass der unterste Ast des Baumes nur circa 1 m über dem Boden war und dass man von dort von Ast zu Ast klettern konnte und mit etwas Anstrengung die verwickelte Schnur erreichen konnte. Ich begann also mit dem Aufstieg und schon bald hatte ich den betreffenden Ast erreicht. Leider gestaltete sich das Entwirren der Schnur problematisch und ich spielte mit dem Gedanken die Schnur einfach abzuschneiden.

Plötzlich hörte ich Stimmen und durch das dichte Blattwerk sah ich ein paar Gestalten schräg unter meinem Baum.

Es handelte sich um eine Gruppe junger
Leute, die

vermutlich im See baden wollten.
 Es waren fünf junge Leute, zwei
Mädchen und drei Jungs, die schon auf
dem Weg zum Wasser unter lautstarkem
Lachen ihre Kleidung auf dem Strand
verteilten. Das Stimmengewirr war

kaum zu verstehen. Meine Angelsachen die in der Nähe des Baumstammes lagen, hatten sie noch nicht entdeckt. Zuerst wollte ich mich bemerkbar machen und von oben herab grüßen, aber irgendwie redeten alle durcheinander und es gab keine passende Lücke im Stimmengewirr. Ich verstand kaum etwas, weil ständig alle gleichzeitig irgendwas sagten. Ich hatte eindeutig den richtigen Zeitpunkt verpasst. Vielleicht gingen sie ja gleich wieder und ich konnte unauffällig vom Baum klettern.

Die Situation wurde langsam peinlich und ich wollte die jungen Leute auch nicht erschrecken. Deshalb verhielt ich mich weiter ruhig und wartete ab, bis sich alle ins Wasser begeben hatten. Als alle im Wasser plantschten, kletterte ich vom Baum, packte meine Angelsachen ein und verlies meinen Angelplatz. Später dachte ich darüber nach, wie ich das wohl – auf Schwedisch – hätte erklären können.

Mit Angel auf einem Baum zu sitzen ist schon leicht ungewöhnlich, wahrscheinlich hätten die mich in die nächste Psychoklinik eingeliefert.

Ich dachte noch: Bin ich eigentlich der Einzige, dem solche Missgeschicke passieren? Oder nur der Einzige der das aufschreibt?

Danke

Vielen Dank an alle, die mir bei der Erstellung dieses Buches geholfen haben und die mir durch ihre netten Kommentare auf Facebook oder so... Mut gemacht haben.

Besonderen Dank an:

Steffi, Kerstin, Anna, Monika, Doris
Anja, Julia, Anka und Pussel

und für das geduldige Zuhören;
an die Band „Ab und Zu", mit Roland, Friedbert und Hexe